Organização e tradução de
Sérgio Capparelli e Márcia Schmaltz

50 FÁBULAS da CHINA FABULOSA

L&PM EDITORES

Ilustrações: Papel recortado

A China tem uma antiga arte visual popular de papel recortado que remonta a quase 2000 anos. Basta usar papel e tesoura. As imagens são criadas através dos recortes. Muitas são posteriormente pintadas, mas a maioria exibe apenas a cor do próprio papel. Cortar papel com tesoura é muito simples. Difícil é cortá-lo com perfeição. Exige destreza e flexibilidade no uso da tesoura, e qualquer hesitação pode pôr tudo a perder. Esses recortes trazem imagens do cotidiano do povo chinês. Animais, flores, luas, lagos, casas, cenas de casamento, animais do horóscopo e assim por diante. Muitas reproduzem caracteres chineses significando felicidade, longevidade, paz e são colocadas em portas, por exemplos, nos dias festivos. As imagens usadas neste livro são de artistas anônimos.

Organização e tradução: Sérgio Capparelli e Márcia Schmaltz
Revisão: Jó Saldanha e Bianca Pasqualini
Projeto gráfico e capa: Néktar Design

CIP-BRASIL. CATALOGAÇÃO-NA-FONTE
SINDICATO NACIONAL DOS EDITORES DE LIVROS, RJ.

C247c Capparelli, Sérgio, 1947-
50 fábulas da China fabulosa / Sérgio Capparelli e Márcia Schmaltz [organizadores e tradutores]. – Porto Alegre, RS : L&PM, 2007.
144p. : il.

Texto em chinês e português
Apêndice
Inclui bibliografia
ISBN 978-85-254-1550-9

I. Fábulas chinesas. I. Capparelli, Sérgio. II. Schmaltz, Márcia, 1973-. III. Título.

07-1060. CDD: 895.13
CDU: 821.581-3

Porto Alegre: Rua Comendador Coruja 314, loja 9 - 90.220-180
Floresta - RS / Fone: 51.3225.5777
Pedidos & Depto. comercial: vendas@lpm.com.br
Fale conosco: info@lpm.com.br
www.lpm.com.br

Impresso no Brasil
Outono de 2007

SUMÁRIO

INTRODUÇÃO

Um dia Capparelli encontrou Márcia Schmaltz no metrô de Beijing e disse a ela que tinha traduzido fábulas chinesas a partir do inglês e do francês, mas que o ideal seria partir dos originais chineses. Ela aceitou o desafio, encontrou os originais, alguns deles de bem antes do nascimento de Esopo na Grécia, e começaram a trabalhar.

A coleção inicial foi se transformando. Saíram algumas histórias, entraram outras, muitas delas fora do circuito das coletâneas de sempre. Algumas tinham mais de mil anos, mas estavam ali, pulsantes. Outras saltavam de velhos livros com reflexões sobre o cotidiano de antes e de agora, com lição de moral explícita ou apenas expondo ao leitor o quanto é inútil ater-se apenas a uma perspectiva para entender o mundo.

Outra conclusão: quem faz uma tradução do chinês tem de enfrentar muitos desafios. Do ponto de vista formal, prevalece a simplicidade da sintaxe chinesa, em comparação com as línguas latinas, gerando ambigüidades. Essa situação complica-se pela ausência de conjugação verbal e de concordância nominal no chinês, além do ritmo criado pela linguagem monossilábica ou dissilábica. Assim, a participação do tradutor sempre tem de ser maior, mas nem por isso menos responsável.

Ao lerem cada uma dessas fábulas, Capparelli e Márcia se deram conta da falta que faziam histórias como essas, belíssimas, em um país como o Brasil. Porque o Brasil conhece Esopo, La Fontaine, fábulas populares ou indígenas, mas sabe também que esse gênero não é um privilégio do Ocidente. As fábulas chinesas poderiam enriquecer a visão dos leitores nesse ponto.

A parceria deu certo nesses meses de trabalho, do outono de 2005 ao inverno de 2006. Deu para perceber que esse gênero é tão popular na China que em certas situações alguém cita o título de uma fábula e o interlocutor capta imediatamente a mensagem. Em outras palavras, a fábula parece mais entranhada na cultura chinesa do que na cultura brasileira. E, de certa forma, parte da cultura chinesa pode ser apreendida nessas narrativas curtas, explicando o passado mas também o presente, especialmente o lado prático da vida e um quê de zombaria diante de certos intelectuais.

Mas o que é fábula, afinal? Normalmente, dizem Capparelli e Márcia, ela é considerada uma história curta que traz uma lição de moral ao leitor. E Esopo é o primeiro nome que vem à mente quando se cita um autor desse gênero.

Acontece que essa definição parece insuficiente no caso das fábulas chinesas. Sobretudo porque essa lição de moral nem sempre está presente. Ou, então, não existe uma lição de moral, mas dezenas, centenas, tantas quanto o leitor encontrar, dentro das marcas propostas pelo autor. Algumas questões colocadas pelas fábulas chinesas permanecem atuais, especialmente por assumir uma tendência relativista também encontrada no Ocidente. Sem muito esforço, pode-se perceber que as idéias de Zhuangzi, que viveu há 2.400 anos, são muito próximas das idéias dos relativistas que vicejam no Ocidente.

Além disso, sinólogos situam o surgimento da fábula muito antes de Esopo. Eles dividem o gênero em cinco períodos históricos: antes da dinastia Qin (221-206 a.C.), dinastia Han (206 a.C.-220 d.C.), dinastia dos Três Reinos (220-280), dinastias Tang e Song (618-1279) e dinastias Yuan, Ming e Qing (1271-1911).

Com uma diferença: no Ocidente, existe a distinção entre fábula e parábola; enquanto em chinês só existe uma palavra – *yùyán* – para essas histórias com propósito moral, a fim de expor, satirizar ou persuadir alguém em relação a alguma verdade, através de personagens representados por pessoas ou animais.

Há, no entanto, uma diferença básica. No fim da história curta, o leitor ocidental se pergunta com freqüência: qual a moral da história? O texto lido pode provocar perguntas tradicionais como essa, mas pode também deixar o leitor perplexo diante de tantos caminhos abertos pela história. Nesse caso, em vez de fechar-se, a fábula abre-se para um estágio anterior à conclusão dada de bandeja.

Outra questão interessante diz respeito às dificuldades de se transpor para o português não apenas a linguagem, mas também valores culturais e tradições diferentes. Daí o trabalho de escolher estas *50 Fábulas da China Fabulosa* dentre um acervo numeroso, para apresentar aquelas que tivessem mais a dizer ao leitor brasileiro, seja pelo tema, pela maneira de construir a narrativa ou pela abertura para o mundo de certas histórias, independentemente do tempo e do lugar.

Uma última observação, sobre a fidelidade ao texto. Na maior parte dos casos, ativemos-nos ao texto original, e a tradução foi feita de maneira fiel. Em outros casos – poucos – isso não foi possível. Tivemos de adaptar ou recontar a fábula para que ela tivesse sentido. Todas, porém, foram trabalhadas a partir do original, inclusive com tradução do chinês antigo para o chinês moderno, com consultas a traduções do inglês e do francês, seguidas de uma pesquisa sobre os autores e a época em que viveram. Assim, o leitor poderá observar que existem diferenças de estilo entre uma e outra, escritas em diferentes épocas. Os organizadores preferiram, igualmente, apresentar um texto espelhado, com uma página em português e outra com o original chinês.

M.S. e S.C.

愚公移山

太形、王屋二山，方七百里，高万仞。本在冀州之南，河阳之北。

北方愚公者，年且九十，面山而居。惩山北之塞，出入之迂也，聚室而谋，曰："吾与汝毕力平险，指通豫南，达于汉阴，可乎？"杂然相许。

其妻献疑曰："以君之力，曾不能损魁父之丘，如太形、王屋何？且焉置土石？"

杂曰："投诸渤海之尾，隐土之北。"

遂率子孙荷担者三夫，叩石垦壤，箕畚运于渤海之尾。邻人京城氏之孀妻，有遗男始龀，跳往助之。寒暑易节，始一反焉。

河曲智叟笑而止之，曰："甚矣！汝之不惠。以残年余力，曾不能毁山之一毛，其如土石何？"

北山愚公长息曰："汝心之固，固不可彻。曾不若孀妻弱子。虽我之死，有子存焉。子又生孙，孙又生子，子又有子，子又有孙，子子孙孙，无穷匮也。而山不加增，何苦而不平？"

河曲智叟亡以应。

O VELHO LOUCO QUE REMOVEU AS MONTANHAS

Liezi

Perto das montanhas Taihang e Wangwu*, vivia um velho de noventa anos que todo mundo achava louco. Ele tinha uma idéia fixa, a de remover as montanhas da frente de sua aldeia e levá-las para outro lugar. Ninguém acreditou que ele fosse fazer isso.

Certa noite todos foram dormir tranqüilos. No dia seguinte, o velho louco acordou bem cedo e disse novamente que iria remover as duas montanhas, para abrir um caminho até Hanying**, onde os agricultores iam vender seus produtos no mercado.

Ele começou a encher um cesto com pedras e, pouco depois, passou perto de sua casa com a carga nas costas.

---

* Dizem que essas duas montanhas estavam no sul do país. Hoje, uma está em Qinghai e a outra, na periferia de Beijing.

** Hanying fica na atual província de Shanxi.

今译

太行、王屋两座山，方圆七百里，高几千丈。它们原来位于冀州的南面，河阳的北面。

北山有个愚公，年纪快到九十岁了，他的家正面对这两座大山住着。苦于山北的阻塞，出入要曲折绕路，他便把全家人召集起来，商议说："我和你们用全部力量来削平险阻，直通豫州南部，到达汉水的南面，行吗？" 家人纷纷表示赞同。

他的妻子提出了疑问，说："凭您的力量，恐怕连魁父这座小山丘都挖不掉，还能把太行、王屋这两座大山怎样？况且把挖出来的土块、石头放到哪里去？"

大家七嘴八舌地说："把它们扔到渤海的后边，隐土的北面。"

愚公于是就带领子孙中能挑担子的三个人，凿石头，挖掘土壤，用簸箕和条筐把土石运到渤海的后边。他的邻居京城氏的寡妇有个遗腹子，刚开始换牙，也蹦蹦跳跳的来帮助。他们从冬到夏，从夏到冬，一年到头才往返一趟。

黄河边上有个叫智叟的老人，笑着阻止愚公说："真是，你太傻了！凭你这样的残年余力，连挖掉山上的一棵草也办不到，还能把那些土块石块怎么样呢？"

北山愚公长叹着说："你的心真顽固，简直是顽固不化，还不如那寡妇和小孩子。即使我死了，还有我的儿子活着；儿子又生孙子，孙子又生儿子；儿子又有儿子，儿子又有孙子；子子孙孙，是没有穷尽的。可是山不会增高加大，挖一点就少一点，怎么怕挖不平它呢？"

河曲智叟哑口无言。

Sua mulher perguntou:

– Onde vai jogar a montanha?

– No mar Bohai*.

Logo seu filho e seus três netos foram trabalhar com ele. Juntos quebravam as pedras, tiravam a terra, enchiam com ela os cestos e iam jogá-las no mar Bohai. Até o filho de sete anos da viúva, que nascera depois da morte do vizinho, veio ajudá-los. Eles trabalhavam de domingo a domingo, de primavera a primavera, voltando para casa apenas uma vez por ano.

Mesmo algumas pessoas que não acreditavam que fosse possível tirar as montanhas do lugar se dispuseram a ajudar o velho louco. Primeiro sua mulher e seus outros filhos. Depois os vizinhos e os vizinhos de seus vizinhos. Mais tarde acharam, sim, que a montanha tinha de dar passagem até Hanying.

Um sábio que vivia na curva do rio tentou dissuadi-lo daquela loucura.

– Deixa de ser doido. Um homem velho e fraco como você, incapaz de carregar um saco de areia, vai remover duas montanhas para mudá-las de lugar?

O velho deu um suspiro. Olhou para a montanha, olhou para o mar Bohai, lá longe, como se calculasse quanto tempo faltava para terminar o trabalho, e disse:

– Se eu morrer, eu deixo o meu filho e o filho do meu filho, o filho do meu neto, o filho do filho do meu neto. Já as montanhas, não crescem mais nem aumentam de tamanho. Por isso eu vou continuar meu trabalho.

O sábio da curva do rio não soube o que responder.

* O mar Bohai é um mar interior da China, situado entre as penínsulas de Shandong e Liaodong, com o estreito de Bohai ao leste.

东食西宿

齐人有女，二人求之。东家子丑而富，西家子好而贫。父母终疑不能决，问其女定所欲适，“难指斥言者，偏袒，令我知之”。女便两袒。怪问其故。云：“欲东家食，西家宿。”

今译：

齐人有一个女儿，有两个男子求婚。东家那个男子长得丑，但很富有；西家那位长得英俊，但很贫穷。姑娘的父母犹豫不决，便问他们的女儿决定想嫁哪个人，“如果难开口指名道姓地说，只要用裸露一边的胳膊来表示，使我们知道就行”。姑娘于是将两臂都裸露出来。父母很奇怪，问她理由。女儿回答说：“我想吃在东家，睡在西家。”

A MOÇA QUE QUERIA COMER NO LESTE E DORMIR NO OESTE

Ying Shao

No estado de Qi* , havia uma moça em idade de casar. Era muito bonita e tinha muitos pretendentes, mas não sabia que noivo escolher. Um dia, dois moços diferentes foram à sua casa pedi-la em casamento. Um morava no Leste e o outro no Oeste.

O moço que morava no Leste era feio, mas vinha de uma família muito rica. O moço que morava no Oeste era bonito, mas vinha de uma família muito pobre. Os pais da moça não sabiam qual marido apresentar para sua filha. Então eles permitiram que ela desse a sua opinião sobre a pessoa com quem queria se casar** .

A moça ficou encabulada. Passou o tempo, e nada de uma resposta. Seu pai chamou sua mulher para um canto e perguntou:

– Nossa filha não tem coragem de falar?

A mãe foi até onde estava sua filha e disse:

---

* Qi era um dos feudos da dinastia Zhou (1122-265 a.C.) e estava localizado na atual província de Shandong, no Leste da China.

** O casamento na China antiga era arranjado pelos pais. Normalmente, os filhos não eram consultados.

– Você não tem coragem de falar? Se está com vergonha, apenas aponte para o rapaz de sua preferência. Quer dizer, nem precisa apontar. Toque em seu próprio braço. Se tocar no braço esquerdo, é que gosta do rapaz do Oeste, que está na sua esquerda. Se tocar no braço direito, é que gosta do rapaz do Leste, que está na sua direita.

Depois de algum tempo, a moça voltou, mas ainda não tinha tomado a decisão. De repente, ela tocou em seu braço esquerdo. Queria então se casar com o moço do Oeste. Porém, em seguida, tocou também em seu braço direito.

– O quê? Você pretende se casar com os dois? – perguntou o pai, surpreso.

– Não – ela respondeu, falando pela primeira vez, com uma voz sussurrante. – Eu quero comer na casa do moço do Leste e dormir na casa do moço do Oeste.

Seus pais disseram:

– Não é possível ter sempre tudo o que se quer. Às vezes é preciso fazer opções!

A moça pediu mais algum tempo para pensar.

守株待兔

宋人有耕者，田中有株，兔走触株，折颈而死。因释其耒而守株，冀复得兔。

兔不可复得，而身为宋国笑。

今译:

宋国有一个农民，正在田里耕作，田里有个树桩子，忽然一只兔子飞奔而来，撞到树桩子上，折断了脖子死了。这个农民毫不费力地得到了一只兔子。从此以后，他就放下了农具不再耕田，守在树桩旁边，希望再得到兔子。

兔子不可能再得到，而他自己“守株待兔”的这种行为，却被当作笑话在宋国传开了。

ESPERANDO UM COELHO

Han Feizi

No reino de Song* existia um camponês que tinha uma árvore dentro de sua propriedade.

Ele não gostava de arar a terra e mantinha a esperança de que caísse do céu alguma coisa boa. Um dia, enquanto estava lavrando, viu que um coelho vinha correndo afoito e, não conseguindo parar, bateu no tronco da árvore, quebrou o pescoço e morreu.

O camponês ficou feliz da vida, pois não precisou fazer nenhum esforço para conseguir um coelho para comer. Decidiu então não trabalhar mais, ficando embaixo da árvore à espera que outro coelho fizesse a mesma coisa.

Passaram-se muitos dias e nada de um coelho afoito correr na direção da árvore. As pessoas começaram a rir dele, dizendo que era um folgado, nessa espera por um coelho.

Uma boa oportunidade deve ser aproveitada, mas não fique de braços cruzados esperando pela sorte.

---

* Song: um dos feudos que compunham a dinastia Zhou (1100-221 a.C.). Seu território compreendia as atuais províncias de Henan, Shandong, Anhui e Zhejiang.

熟能生巧

陈康肃公善射，当世无双，公亦以此自矜。

尝射于家圃，有卖油翁释担而立，睨之，久而不去。见其发矢，十中八九，但微颔之。

康肃问曰：“汝亦知射乎？吾射不亦精乎？”

翁曰：“无他，但手熟尔！”

康肃忿然曰：“尔安敢轻吾射？”

翁曰：“以我酌油知之。”

乃取一葫芦置于地，以钱覆其口，徐以杓酌油沥之，自钱孔入而钱不湿。因曰：“我亦无他，惟手熟尔。”

康肃笑而遣之。

此与庄生所谓解牛、斫轮者何异？

今译：

陈康肃善于射箭，当代没有第二个人能赶得上他，他也为此骄傲自负。

他曾在自家的园圃里射箭，有一个卖油的老头放下挑担站在那里，斜眼瞅着，很久没有离去。他看见陈康肃射箭，十次有八九次射中靶子，只是微微的点一下头罢了。

康肃问道：“你也懂得射箭吗？我的射技不是很精吗？”

卖油老头说：“这没有什么别的，只不过手熟罢了！”

康肃很愤怒，说：“你怎么敢轻视我的射技？”

卖油老头说：“用我倒油的技巧了解这个道理。”

卖油老头便取来一只葫芦放在地上，拿一个带孔的铜钱覆盖在葫芦嘴上，然后慢慢地用勺子舀油向葫芦嘴里倒，那油从钱孔中流进葫芦里，却一点也没有沾湿铜钱。卖油翁于是说道：“我也没有什么别的，只是手熟罢了。”

康肃笑了起来，把卖油的老头打发走了。

这与庄周所说的庖丁解牛、轮扁斲轮的道理有什么区别呢？

O VELHO E O ARQUEIRO

Ouyang Xiu

Há muito e muito tempo, havia na China um general famoso por sua destreza e habilidade no manejo do arco e da flecha. Ele era muito orgulhoso, dizendo não existir ninguém melhor do que ele.

Um dia, ele exibia suas habilidades, acertando sempre no alvo. Ouvia os aplausos e sorria, até perceber um velho que não batia palmas nem gritava o seu nome. O general irritou-se e foi conversar com ele.

– Você parece que entende muito de arco e flecha. Qual a sua opinião sobre minha destreza?

– Eu entendo muito pouco de arco e flecha – disse o velho. – Mas acho que você tem bastante experiência e é por isso que tem um desempenho tão bom.

O general ficou furioso:

– Se não entende de arco e flecha, como ousa dizer que minha destreza é só por causa da experiência?

O velho respondeu com segurança:

– A minha opinião é tirada da minha experiência como vendedor de óleo.

A seguir, ele colocou uma moeda com um furo no meio na boca de uma cabaça vazia e começou a verter com uma colher um fino fio de óleo na cabaça. O óleo não tocava a moeda, atravessando-a pelo meio do orifício. A multidão ao redor, estupefata, começou a bater palmas.

– Isso não tem nada de especial. Só consigo porque tenho prática.

O general não soube o que dizer.

九头鸟

孽摇之虚有鸟焉，一身而九头，得食则八头皆争，呀然而相衔，洒血飞毛，食不得入咽，而九头皆伤。

海凫观而笑之曰：而胡不思九口之食同归于一腹乎？而奚其争也！

今译：

孽摇山有一种鸟，一个身躯上长着九个脑袋。一个脑袋得到了食物，其它八个脑袋也都来争夺，张大嘴互相啄咬，甚至啄得鲜血直流，羽毛乱飞，结果食物不能进入喉咙，九个脑袋反而都受了伤。

海里的野鸭看到这种情形，嘲笑它们说：你们为什么不想一想，九张嘴吃进去的食物都是吃到一个肚子里去呢？为什么要彼此拼命争夺呵！

O PÁSSARO DE NOVE CABEÇAS

Liu Ji

No monte Nieyao* existia um pássaro de nove cabeças. Quando uma cabeça queria comer, as oito restantes disputavam com ela a comida. Elas lutavam, bicando-se mutuamente e ensopando de sangue as penas. No fim, as nove cabeças estavam machucadas e o pássaro não havia conseguido comer nada.

Um pássaro marinho, assistindo à cena, começou a rir.

– Não percebem que a comida que entra pelas nove bocas enche a mesma barriga? Não há razão para que nove cabeças vivam brigando umas com as outras!

---

* Monte Nieyao: nome de uma montanha fictícia criada pelo autor da fábula.

南辕北辙

魏王欲攻邯郸，季梁闻之，中道而反，衣焦不申，头尘不去，往见王，曰：“今者臣来，见人于大行，方北面而持其驾，告臣曰：’我欲之楚。’臣曰：’君之楚，将奚为北面？’曰：’吾马良。’臣曰：’马虽良，此非楚之路也。’曰：’吾用多。’臣曰：’用虽多，此非楚之路也。’曰：’吾御者善。’’此数者愈善，而离楚愈远耳！’今王动欲成霸王，举欲信于天下，恃王国之大，兵之精锐，而攻邯郸，以广地尊名。王之动愈数，而离王愈远耳。犹至楚而北行也。”

今译：

魏王想发兵去攻打赵国的都城邯郸。季梁听说这件事，连忙从半路上赶回来，衣服褶绉来不及舒展弄平，满头的尘土也顾不上掸去，去拜见魏王，说：“今天我来的时候，看见一个人在大路上，正驾着车子往北走，告诉我说：’我要到楚国去。’我说：’你要到楚国去，为什么往北走呢？’

他说：’我的马好。’我说：’你的马虽然好，但这不是往楚国去的路啊！’他说：’我的路费多。’我说：’你的路费虽然多，但这不是往楚国去的路啊！’他说：’我的车夫赶车技术高。’我说：’你的马、路费、车夫的赶车本领这几样条件越好，方向错了，你就离楚国越远了啊！’现在大王一动就想成霸业王业，一举就想取信于天下。但如果依仗着大王的国土广大，军队精锐，去攻打邯郸，来扩充疆域，抬高声望，那么，大王这种不合理的行动越多，离大王成就霸业王业、取信于天下的愿望就越远了。这正像到楚国去却往北走一样啊！”

A DIREÇÃO ERRADA

Liu Xiang

O rei de Wei* preparava um ataque à Handan**. Ji Lian sabendo disso, sem trocar de roupa e sem mesmo pentear os cabelos, foi à procura do rei para uma audiência. Chegando ao palácio, disse ao rei:

– Alteza, hoje, quando vinha para a sua audiência, vi um homem indo para o norte. Eu quis saber para onde ele ia. Ele respondeu que ia para o reino de Chu***. Eu achei estranho e indaguei: "Se deseja ir para o reino de Chu, por que segue para o norte?" Ele me respondeu: "Porque tenho bons cavalos". Ponderei: "Mesmo com bons cavalos, esse não é o caminho que leva ao reino de Chu". E o homem respondeu: "Eu tenho muitos cavalos". Eu retruquei: "Mesmo tendo muitos cavalos, esse não é o caminho que leva ao reino de Chu". O homem respondeu: "Eu tenho bastante ouro para as despesas da viagem". Eu repliquei: "Mesmo com muito dinheiro, esse não é o caminho que leva ao reino de Chu". O homem respondeu: "Eu tenho ótimos cavaleiros, capazes de conduzir os cavalos até o reino de Chu". Eu falei: "Por mais que você tenha muitos e bons cavalos, com ótimos cavaleiros, jamais chegará ao reino de Chu seguindo na direção errada". Agora as ações do rei estão todas concentradas no domínio e na conquista. Mas se Vossa Alteza ficar dependendo apenas da grande extensão do seu reino e da força de suas tropas para atacar Handan, com a finalidade de ampliar as fronteiras e ser mais famoso, vai conseguir um resultado oposto ao desejado e se afastará cada vez mais de seus objetivos. É como ir ao reino de Chu pela direção errada.

---

* Wei: um dos reinos Combatentes (475-221 a.C.), localizado ao nordeste da atual província Shanxi, no Norte da China.

** Handan: nome de uma antiga cidade chinesa, localizada ao sul da província Hebei, Norte da China. Na época dos Estados Combatentes era a capital do reino de Zhao.

*** Chu: um dos reinos dos Estados Combatentes. Sua capital existia na atual província de Hubei, no centro-norte da China. Era um dos maiores reinos do período, chegando a ocupar as atuais províncias de Henan, Anhui, Jiangsu, Zhejiang, Jiangxi e Sichuan. Foi totalmente destruída pelo rei de Qin em 223 a.C.

自相矛盾

楚人有鬻楯与矛者，誉之曰：“吾楯之坚，物莫能陷也。”又誉其矛曰：“吾矛之利，于物无不陷也。”或曰：“以子之矛，陷子之楯，何如？”其人弗能应也。

夫不可陷之楯与无不陷之矛，不可同世而立。

今译：

有个楚国人卖盾和矛，他先吹嘘自己的盾说：“我的盾坚固极了，世界上没有什么东西能够刺穿它！”又吹嘘自己的矛说：“我的矛锋利极了，世界上没有什么东西它刺不穿！”有人问他：“用你的矛去刺你的盾，结果会怎么样呢？”这个人不能回答了。

什么都刺不穿的盾和什么都能刺穿的矛，是不能同时并存的。

O HOMEM QUE VENDIA LANÇAS E ESCUDOS

Han Feizi

Na região de Chu viveu um homem que vendia lanças e escudos.

– Meus escudos são tão fortes – vangloriava-se ele – que nada consegue atravessá-los. E minhas lanças são tão afiadas que conseguem perfurar qualquer coisa.

Alguém que vinha passando quis saber:

– E o que acontece se suas lanças batem nos seus escudos?

O homem não soube responder.

杯弓蛇影

应郴为汲令，以夏至日请见主簿杜宣，赐酒。时北壁上有悬赤弩，照于杯中，其形如蛇。宣畏恶之，然不敢不饮。其日便得胸腹痛切，妨损饮食，大用羸露，攻治万端，不为愈。

后郴因事过至宣家阚视，问其变故。曰：“畏此蛇，蛇入腹中。”郴还听事，思惟良久，顾视悬弩，必是也。则使门下史将铃下徐扶辇载宣于故处，设酒。杯中故复有蛇。因谓宣：“此壁上弩影耳，非有他怪。”宣遂解，甚夷怿，由是瘳平。

今译：

应郴任汲县长官时，在夏至日那天召见主簿官杜宣，赐酒给他。这时北边墙壁上挂着一张红色的弓，弓的影子照在酒杯中，形状像蛇一样。杜宣惧怕嫌恶它，可是又不敢不饮。当天便胸腹剧痛，妨害饮食，身体大为瘦弱，用各种方法攻治，都不能痊愈。

后来应郴有事经过杜宣家探视，询问生病的原因。杜宣说：“我惧怕那条蛇，蛇进了我腹中。”应郴回到自家厅堂，苦思了很久，回头看看悬挂的弩弓，料定是这回事。于是派遣门下的官吏带领侍从，用辇小心地将杜宣载到饮酒的老地方，又摆上酒。杯中仍旧又出现了蛇影。于是对杜宣说：“这是墙壁上的弩弓的影子，没什么别的古怪。”杜宣于是解除了疑虑，非常欢喜，从此就痊愈了。

CONFUNDINDO ARCO COM COBRA

Ying Shao

Chen era o chefe do distrito de Ji*. No solstício de verão, ele convidou o seu secretário Du Xuan para beber vinho.

Um arco estava pendurado na parede, e a sombra refletida no copo parecia uma cobra. Du Xuan ficou muito assustado e, com medo de ofender seu chefe, nada disse, limitando-se a beber.

No dia seguinte, Du Xuan caiu doente, com fortes dores no peito. Nada conseguiu comer e passou a noite em claro. Em apenas alguns dias, emagreceu muito. Sua família, vendo o seu estado, chamou os melhores médicos do distrito, mas nenhum deles conseguiu curá-lo.

Chen ficou sabendo do estado de saúde de Du Xuan, foi à sua casa e perguntou o que de fato tinha acontecido. Du Xuan respondeu:

– Quando estive na sua casa, vi uma cobra dentro do copo. Eu fiquei com muito medo, mas mesmo assim bebi tudo.

O chefe de Du Xuan, entendendo a causa de sua doença, ficou pensativo.

– Como é que haveria uma cobra no copo que eu dei a ele? Se houvesse, eu também teria visto!

Chen foi para casa. Por mais que pensasse, não conseguia decifrar o enigma. Ele sentou-se no lugar onde estivera Du Xuan e mandou trazer um copo de vinho. Naquele momento, ele ergueu a cabeça e viu o arco pendurado na parede refletindo uma sombra na forma de uma cobra. Imediatamente ele compreendeu o que tinha acontecido.

Chen mandou chamar Du Xuan e pediu que ele ocupasse o mesmo lugar da outra vez. Quando o vinho foi servido, ele apontou para o copo de Du Xuan e disse:

– A cobra que você viu da outra vez é a mesma que aparece agora no seu copo, não é mesmo? Preste bastante atenção e vai perceber que é a sombra do meu arco, pendurado na parede!

Du Xuan recuperou a saúde.

---

* Condado de Ji, localizado na atual província de Henan.

一叶障目

楚人贫居，读《淮南方》："得螳螂伺蝉自鄣叶，可以隐形。"遂于树下仰取叶。螳螂执叶伺蝉，以摘之。叶落树下，树下先有落叶，不能复分别。扫取数斗归，一一以叶障目，问其妻曰："汝见我不？"妻始时恒答言："见。"经日乃厌倦不堪，绐云："不见。"嘿然大喜，赍叶入市，对面取人物，吏逐缚诣县。县官受辞，自说本末，官大笑，放而不治。

今译：

楚地有个人过着穷苦的日子，读《淮南方》，见书上说："得到螳螂捕蝉时隐蔽自己身体用的树叶，可以隐身。"于是他就在树下仰头寻找这种叶子。一只螳螂正爬在一片叶子上等待时机捕蝉，他就去采摘这片叶子。叶子忽然落到树下，树下原有许多落叶，混在一起不能分辨了。他只好扫了好几斗落叶带回家去，然后拿着树叶一片一片的遮住自己的眼睛，问他的妻子说："你看见我了没有？"他妻子开始总是回答说："看得见。"整天这样，妻子厌烦得难以忍受，便欺骗他说："看不见了。"此人心中大喜，就拿着这片树叶走到集市上去，当着人家的面就偷人家的东西，被官吏捕获绑起来送到县衙里去。县官接受了诉辞，这人便从头到尾地把事情经过说了一遍，县官听了大笑，把他放了，没有治他的罪。

O HOMEM MUITO SABIDO

Handan Chun

Existia no reino de Chu um homem muito sabido, mas muito pobre, que ficava em casa sem fazer nada. Um dia, ele leu num livro de magia uma frase que dizia assim:

– Para capturar o grilo, o louva-deus fica ao lado de uma folha e se dissimula como se fosse também uma.

O homem sabido pensou:

– Se eu achar uma folha assim, posso conseguir tudo o que desejo!

Ele deixou então seus estudos e foi de árvore em árvore à procura de uma folha com um louva-deus escondido.

Teve sorte. Eufórico, subiu na árvore para colher a folha onde estava escondido o louva-deus. Mas não conseguiu. O galho balançou e o louva-deus sumiu. A folha caiu no chão, misturando-se com as outras. O homem sabido tentou achar a folha do louva-deus, mas era difícil encontrá-la entre tantas outras. Sem alternativa, ele juntou todas as folhas do chão, colocou-as numa sacola e levou-as para casa.

Em casa, retirou uma folha da sacola, tapou o seu olho direito e perguntou à sua mulher:

– Você está me vendo?

A mulher, estranhando, respondeu:

– Sim, claro que estou te vendo!

– Então não é essa folha.

Ele pegou outra e repetiu a pergunta:

– E agora, você me vê?

A mulher respondeu:

– Como é que eu não vou te ver, homem?

Assim, ele foi testando as folhas da sacola, uma por uma, durante o resto do dia. Em certo momento, sua mulher estava tão aborrecida que decidiu livrar-se das perguntas:

– Não estou te vendo mais!

O homem sabido ficou muito contente e, sem dar nenhuma explicação, foi para o mercado.

Ele viu então as coisas boas que desejava e começou a pegá-las, sempre segurando a folha na mão, achando que assim ninguém o via. Logo ele foi preso e levado ao palácio para ser julgado. Ao chegar diante do juiz, ele contou do início ao fim a sua história. O juiz ouviu-o, deu uma gargalhada e o libertou.

叶公好龙

叶公子好龙，钩以写龙，凿以写龙，屋室雕文以写龙。于是天龙闻而下之，窥头于牖，施尾于堂。叶公见之，弃而还走，失其魂魄，五色无主。

是叶公非好龙也，好夫似龙而非龙者也。

今译：

叶公子很喜欢龙，衣服上的带钩刻着龙，酒壶、酒杯上刻着龙，屋檐屋栋上雕刻着龙的花纹图案。他这样爱龙成癖，最后被天上的真龙知道后，便从天上下降到叶公家。龙头在窗台上探望，龙尾伸进了大厅。叶公一看是真龙，下的抱头缩脑转身就跑，好像掉了魂似的，脸色骤变，简直不能控制自己。

由此看来，叶公并非真的喜欢龙啊！他所喜爱的只不过是那些似龙非龙的东西罢了！

O AMOR PELOS DRAGÕES

Shen Buhai

Zigao, o Senhor de Ye, gostava tanto de dragões que havia mandado esculpir e pintar vários deles na sua casa e nas louças e só vestia roupas que tinham dragões bordados.

O dragão do céu, sabendo disso, desceu à Terra, entrou com a cabeça pela porta da casa e enfiou a cauda na janela. Ao perceber o que estava acontecendo, o Senhor de Ye fugiu, morrendo de medo.

Isso mostra que o Senhor de Ye não gostava verdadeiramente de dragões. Ele gostava daquilo que parecia ser um dragão, mas não dos dragões de verdade.

铁杵磨针

李白少读书，未成，弃去。道逢老妪磨杵，白问其故。曰：“欲作针。”白感其言，遂卒业。

今译：

李白年轻的时候，读书不用功，还没有什么成就，就把书抛在一边不学了。有一天，他在路上碰到一位老太婆，正拿一根小铁棒在石头上不停地磨着，李白觉得很奇怪，就问她这是为什么。老太婆回答说：“我要把它磨成一根针。”李白听了这位老太婆的话，很受感动，从此，发愤读书，终于完成了学业。

AMOLANDO UMA BARRA DE FERRO

Chen Renxi

Quando era pequeno, o grande poeta Li Bai* não gostava de estudar. Um dia encontrou uma senhora idosa na calçada, amolando uma barra de ferro. Ele ficou curioso e perguntou o que ela pretendia fazer.

– Pretendo amolar essa barra de ferro até que ela vire uma agulha bem fina, para que eu possa costurar um vestido – respondeu ela.

Após isso, Li Bai compreendeu o que ela estava querendo dizer e, mais tarde, tornou-se um grande poeta.

---

* Li Bai (701-762), considerado o maior dos poetas chineses da dinastia Tang. Desde muito pequeno chamava a atenção de todos pela sua inteligência e dedicação aos estudos. A partir dos 25 anos de idade, percorreu toda a China. Exerceu o cargo de mandarim por um ano, mas logo o abandonou, devido às disputas de vaidades na corte.

郑人买履

郑人有欲买履者，先自度其足，而置之其坐。至之市，而忘操之。已得履，乃曰：“吾忘持度。”反归取之。及反，市罢，遂不得履。

人曰：“何不试之以足？”

曰：“宁信度，无自信也。”

今译：

郑国有个人，想去买一双鞋。他先量好自己脚的尺寸，随手把尺寸放在座位上。等到他到集市上去的时候，却忘了带上尺寸。他拿到鞋子才想起来，说：“我忘了带尺寸了。”于是，急忙回家去取。等到他再赶回来，集市早已散了。结果白忙了一阵，鞋还是没有买成。

有人问他说：“你为什么不用自己的脚去试试鞋子呢？”

这个郑国人回答说：“我宁肯相信量好的尺寸，也不相信自己的脚。”

O HOMEM QUE QUERIA COMPRAR SAPATOS

Han Feizi

Um homem do reino de Zheng* decidiu comprar um par de sapatos. Pegou a fita métrica, mediu seu pé direito e depois seu pé esquerdo. Ao sair, esqueceu a fita e as anotações sobre a cadeira. Mais tarde, quando encontrou os sapatos que queria, deu-se conta do esquecimento e suspirou desanimado:

– Puxa, eu me esqueci de trazer as medidas!

Voltou correndo para casa, a fim de buscá-las.

Ao retornar ao mercado, a feira tinha acabado e não havia mais nada aberto, e ele ficou muito triste porque não pôde comprar os sapatos.

– Por que não experimentou os sapatos? – alguém lhe perguntou.

Ele respondeu que acreditava mais na fita métrica do que nos seus pés.

---

* Reino de Zheng: um dos feudos da dinastia Zhou (1100-256 a.C.), localizado na atual província Henan, no norte da China.

不死之药

有献不死之药于荆王者,谒者操之以入。中射之士问曰:“可食乎?”曰:“可。”因夺而食之。

王大怒，使人杀中射之士。中射之士使人说王曰:“臣问谒者，谒者曰可食，臣故食之。是臣无罪，而罪在谒者也。且客献不死之药，臣食之而王杀臣，是死药也，是客欺王也。夫杀无罪之臣，而明人之欺王也，不如释臣。”

王乃不杀。

今译:

有人向楚王献上长生不死的药，负责传达的门官谒者拿着药走入宫中。一个宫中的侍卫官员看见后问道:“这东西可以吃吗?”谒者回答说:“可以吃。”侍卫官员于是就把不死之药抢过来吃了。

楚王听说后很生气，派人去杀死侍卫官员。这个侍卫官员托人对楚王说:“我问谒者，谒者说可以吃，因此我才吃了。这件事我没有罪，罪过在谒者身上。再说客人献的是长生不死的药，我吃了这药，大王却要杀死我，这药成了死药了，这是客人欺骗大王。大王如果杀了无罪的我，从而证明客人在欺骗大王，不如把我放了。”

楚王于是没有杀死这个侍卫官员。

O ELIXIR DA IMORTALIDADE

Liu Xiang

Um homem chegou ao palácio do rei de Chu para lhe entregar o elixir da imortalidade. O oficial da guarda disse que o homem não podia passar e que ele mesmo faria a entrega do elixir.

Quando o oficial da guarda levava o elixir da imortalidade ao rei, foi interpelado por um oficial superior. Ele disse que o oficial da guarda não podia entrar nos aposentos do rei e que ele mesmo faria a entrega do elixir.

Quando o oficial da guarda se retirou, o oficial superior, que também queria ser imortal, bebeu o elixir de um só gole. O rei descobriu e, furioso, condenou-o à morte.

O oficial superior pediu clemência ao rei:

– Se tentar me matar e eu não morrer, porque me tornei imortal, todo mundo vai rir de Vossa Majestade por querer matar quem não pode morrer.

O rei pensou um pouco e disse:

– Se o elixir não fizer efeito, você morre do mesmo jeito.

– Se tentar me matar e eu morrer de verdade – falou o oficial –, vão dizer que o rei é bobo, pois foi ludibriado pelo vendedor do falso elixir da imortalidade.

O rei percebeu que estava numa situação muito difícil e perguntou:

– O que me sugere?

– Para preservar a sua reputação, sugiro que me liberte.

O rei Chu achou que o oficial estava certo e suspendeu a ordem de execução.

鲁侯养鸟

昔者海鸟止于鲁郊，鲁侯御而觞之于庙，奏九韶以为乐，具太牢以为膳。鸟乃眩视忧悲，不敢食一脔，不敢饮一杯，三日而死。

此以己养养鸟也，非以鸟养养鸟也。

今译：

从前，有一只海鸟降落在鲁国国都的郊外，鲁侯隆重地迎接它，并且在宗庙里宴请它，为它演奏虞舜时的《九韶》之乐，又用牛、羊、猪三牲全备的宴席作为它的饭食。但是这只海鸟却头晕眼花，忧愁悲伤，不敢吃一块肉，也不敢喝一杯酒，三天就死掉了。

这是用供养自己的方法来喂养海鸟，不是用养鸟的方法来养鸟啊！

O PRÍNCIPE E O PÁSSARO MARINHO

Zhuangzi

Um pássaro marinho pousou numa das árvores na saída da cidade de Lu. O príncipe, como nunca tinha visto um pássaro semelhante, achou que fosse uma criatura divina. Enviou um cortejo para recepcioná-lo e o instalou em um dos mais belos templos da região.

Para distrair o pássaro marinho, o príncipe de Lu enviou seus melhores tocadores de flauta e organizou apresentações de danças e festas magníficas, com as melhores comidas e bebidas.

O pássaro marinho parecia alheio a tudo o que acontecia em volta. Tremia da manhã à noite, não comia nem bebia.

O príncipe de Lu percebeu que queria que o pássaro marinho vivesse conforme ele mesmo vivia e não como convém a um pássaro viver.

螳螂捕蝉

吴王欲伐荆，告其左右曰："敢有谏者死。"舍人有少孺子者，欲谏不敢，则怀丸操弹游于后园，露沾其衣，如是者三旦。吴王曰："子来，何苦沾衣如此？"对曰："园中有树，其上有蝉。蝉高居悲鸣饮露，不知螳螂在其后也；螳螂委身曲附欲取蝉，而不知黄雀在其傍也；黄雀延颈欲啄螳螂，而不知弹丸在其下也。此三者皆务欲得其前利，而不顾其后之有患也。"吴王曰："善哉！"乃罢其兵。

今译：

吴王要攻打楚国，对他的大臣们说："有敢谏阻者，我就处死他。"吴王的侍从宾客中有一个年轻人，想谏阻阻但又不敢，于是他怀里揣着弹丸，手中拿着弹弓，在后园里游走，露水沾湿了他的衣服，像这样一连过了三个早晨。吴王说："你来，何苦让露水把衣服沾湿成这个样子呢？"年轻人回答说："园子里有一棵树，树上有一只蝉。蝉栖居在高处鸣叫，喝着露水，却不知道有只螳螂在它的身后；螳螂弯曲着身体附在树上想要捉蝉，却不知道有一只黄雀在它的身旁；黄雀伸长脖子要啄螳螂，却不知道有人拿着弹丸在它的下面。这三者都务求得到它们眼前的利益，却不顾它们身后存在着祸患。"吴王说："好啊！"于是停止了战争。

A CONCLUSÃO DO PRÍNCIPE DE WU

Liu Xiang

O príncipe de Wu* anunciou que iria invadir Chu e ameaçou matar quem fosse contra seu plano.

Uma tarde, andando por uma estrada, viu Wang Zhenmao contar uma história. Nessa história, havia uma cigarra, numa árvore, bebendo o orvalho da manhã, sem perceber que atrás dela um louva-deus aproximava-se para agarrá-la. O louva-deus, pronto para pegar a cigarra, ignorava que atrás dele acabava de pousar um pardal, querendo levá-lo de almoço para seus filhotes. O pardal, alongando o pescoço e abrindo o bico, não sabia que mais embaixo um menino mirava sua cabeça com um estilingue, a fim de matá-lo.

O príncipe de Wu pensou durante algum tempo e decidiu suspender o ataque programado contra Chu.

* Reino de Wu (222-280): um dos feudos do período chamado de Três Reinos. Localizava-se entre o sul da atual província de Jiangsu e o norte da província Zhejiang, no Sudeste da China.

买椟还珠

楚人有卖其珠于郑者，为木兰之柜，薰以桂椒，缀以珠玉，饰以玫瑰，辑以羽翠。郑人买其椟而还其珠。

此可谓善卖椟矣，未可谓善鬻珠也。

今译：

有一个楚国人到郑国去卖宝珠。他用名贵的木兰为宝珠做了一个匣子，薰上杜桂和花椒的香气，点缀上珠子和玉石，又装饰上红色的玫瑰玉，穿插上绿色的翡翠玉，真是精美极了。郑国人买下了他的这只漂亮的匣子，却把里面的宝珠退还给他。

这可以说善于卖匣子，却不能说善于卖宝珠啊。

O ESTOJO E AS PÉROLAS

Han Feizi

Um joalheiro do reino de Chu decidiu vender pérolas no reino de Zheng. Ele fez um estojo especial para guardar as pérolas. Era um estojo muito bonito, de madeira perfumada e cravejado de pedras preciosas.

Um homem do reino de Zheng ficou encantado com o estojo. Comprou-o, mas devolveu as pérolas que estavam dentro dele.

Esse homem disse que o vendedor de pérolas do reino de Chu devia se especializar na venda de estojos, e não de pérolas.

涸辙之鲋

庄周家贫，故往贷粟于监河侯。监河侯曰：“诺。我将得邑金，将贷子三百金，可乎？”

庄子忿然作色曰：“周昨来，有中道而呼者。周顾视车辙中，有鲋鱼焉。周问之曰：’鲋鱼，来！子何为者邪？’对曰：’我，东海之波臣也。君岂有斗升之水而活我哉？’周曰：’诺。我且南游吴越之王，激西江之水而迎子，可乎？’鲋鱼忿然作色曰：’吾失我常，与我无所处。吾得升斗之水然活耳，君乃言此，曾不如早索我于枯鱼之肆！’”

今译：

庄周家里很穷，所以去向监河侯借粮。监河侯说：“好！等我收了封邑百姓交纳的租税，我就借给你三百金，可以吗？”

庄周气得变了脸色，说：“我昨天来的时候，半路上听到有呼救的声音。我回头一看，原来在车辙中有一条鲫鱼。我问它说:’鲫鱼，过来！你是喊什么呀？’鲫鱼回答说：’我是东海里的水族，您可有一升半斗的水救我的命吗?’我说：’好！我将要去南方游说吴王和越王，请他们把西江的水赶上来迎接你，可以吗？’鲫鱼气得变了脸色，说：’我失去了正常的生活环境，我没有地方可以呆。我只求得到一升半斗的水就得活命，你却说这样的话，还不如早点儿到干鱼铺子里去找我呢！”

O PEIXE DESESPERADO

Zhuangzi

Um homem vinha pela beira de um rio quando ouviu um pedido de socorro. Ele olhou para os lados e, não vendo ninguém, achou que tinha se enganado. Continuou seu caminho, e o pedido de socorro seguiu ressoando em seus ouvidos. Ele parou e decidiu saber o que estava realmente acontecendo. Descobriu então um peixe de escamas prateadas no leito seco do rio.

O peixe, ofegante, tinha dificuldades de respirar. O homem perguntou:

– É você que está pedindo socorro? Se for você, posso ajudar em alguma coisa?

O peixe, aflito, olhou bem para ele e disse:

– Salve-me, rápido, senão morro de sede. Eu sou súdito do rei Dragão do mar Oriental*. Se eu ficar fora da água, vou morrer.

O homem fez sinal afirmativo com a cabeça, dizendo que tinha entendido, e respondeu:

– Estou indo para o sul. Lá vou entrar em contato com as autoridades competentes e pedir que seja desviado um braço do rio Yangzi até aqui. Assim, você poderá nadar até o mar Oriental.

Ao ouvir essa resposta, o peixe ficou ainda mais aflito:

– Quanto tempo acha que um peixe vive fora d'água? Eu não preciso de um desvio de rio. Um pouco de água é o bastante para eu não morrer. Caso contrário, logo vai me encontrar, seco, numa peixaria.

---

* O mar Oriental da China é muito rico em recursos. Ele é limitado pelo mar Amarelo, no Norte da China, pelas ilhas japonesas Ryukyu, no leste, pelo mar do Sul da China, no extremo-sul dos estreitos de Taiwan, ao sul. Ocupa uma área de 770 mil quilômetros quadrados, e sua profundidade média é de 370 metros.

求千里马

古之君人，有以千金求千里马者，三年不能得。

涓人言于君曰：“请求之。”君遣之。

三月，得千里马，马已死，买其首五百金，反以报君。

君大怒曰：“所求者生马，安事死马而捐五百金？”

涓人对曰：“死马且买之五百金，况生马乎？天下必以王为能市马，马今至矣。”

于是不能期年，千里之马至者三。

今译：

古代有个君王想用千金买一匹千里马，整整三年没能买到。

宫中一个侍臣太监对君王说：“请让我去找一找吧！”君王于是便派他去了。

侍臣用了三个月时间找到了一匹千里马，但是马已经死了。他就用五百金买了死马的头，回来报告君王。

君王大怒说：“我要的是活马，要死马干什么？白白丢了五百金！”

侍臣回答说：“死马尚且肯花五百金买下，更何况是活马呢？天下人一定会认为您是真心想买千里马的，千里马眼看就会送上门了。”

果然不到一年，送来的千里马就有三匹。

EM BUSCA DO ALAZÃO

Liu Xiang

Existia antigamente um rei que desejava ter um cavalo alazão. Ele despachou seus ministros aos quatro cantos do reino em busca do cavalo, disposto a pagar por ele até mil barras de ouro.

Passados três anos, os ministros retornaram sem o cavalo. O rei ficou muito triste. Nesse momento, um ajudante disse:

– Alteza, eu consigo encontrar um cavalo alazão.

O rei deixou então que o ajudante partisse à procura do cavalo.

Depois de três meses, o ajudante achou um bom cavalo alazão, que tinha morrido. O ajudante pagou quinhentas barras de ouro pela cabeça do animal e a trouxe para o rei.

Ao ver uma cabeça de cavalo morto, o rei ficou furioso:

– Eu queria um cavalo vivo, e não um cavalo morto! O que eu vou fazer com essa cabeça? E ainda por cima, você desperdiçou quinhentas barras em ouro?!

Sem titubear, o ajudante respondeu:

– Se a cabeça de um alazão morto custa quinhentas barras de ouro, imagina quanto vale um cavalo vivo? Agora o mundo inteiro sabe que o senhor, sinceramente, quer ter um alazão e está realmente disposto pagar um bom preço por ele. Em breve, aparecerá um vendedor com um bom cavalo aqui na corte.

Realmente, em menos de um ano, apareceram três bons cavalos na corte do rei.

为学

蜀之鄙有二僧，其一贫，其一富。贫者语于富者曰：“吾欲之南海，何如？”富者曰：“子何恃而往？”曰：“吾一瓶一钵足矣。”富者曰：“吾数年来欲买舟而下，犹未能也。子何恃而往？”

越明年，贫者自南海还，以告富者。富者有惭色。西蜀之去南海，不知几千里也，僧富者不能至而贫者至焉。

今译：

四川的乡野住着两个和尚，一个穷，一个富。一天，穷和尚对富和尚说：“我想去一趟南海，你看怎么样？”富和尚问道：“你依仗什么去呢？”穷和尚回答说：“我带一个水瓶、一个饭钵就足够了。”富和尚说：“几年来，我想买一只船，顺流而下，去一趟南海，直到现在还没有办到。你依仗什么去呢？”

过了一年，穷和尚从南海返回，他告诉了富和尚。富和尚听了，脸上露出惭愧的神色。从四川到南海，不知有几千里，富和尚不能到，而穷和尚却到了。

DOIS MONGES

Peng Duanshu

Na região de Shu* viviam dois monges, um rico e um pobre.

O monge pobre propôs ao monge rico uma peregrinação a Nanhai**. O monge rico achou a idéia interessante, mas queria saber o que deveriam levar. O monge pobre respondeu que seria necessário levar apenas uma garrafa para a água e uma tigela.

– O resto eu peço pelo caminho.

O monge rico respondeu:

– Faz anos que eu penso em realizar essa viagem. Já comprei até um barco. Mas até agora não consegui tomar todas as providências necessárias para essa longa peregrinação. Como é que você, com apenas uma garrafa e uma tigela, vai conseguir?

Um ano depois, o monge pobre retornou de Nanhai e foi visitar o monge rico.

O monge rico ficou envergonhado.

* O reino de Shu era um dos Três Reinos (220-280) e se localizava na atual província de Sichuan, no centro da China.

** Nanhai: designação da região das águas e das ilhas do rio Yangzi onde está situada a montanha sagrada budista Putuo, localizada na atual província de Zhejiang.

发誓

有官人性贪，而示人以廉。初仕，向神发誓曰：“左手要钱，烂了左手；右手要钱，烂了右手。”

久之，有以百金行贿者，欲受之而疑前誓。左右为解曰：“请以此金纳官人袖中，便烂也只烂了袖子。”

官人然其言，辄纳之。

今译：

有个官人生性贪婪，而在人面前表现得很廉洁。刚做官时，向神发誓说：“如果左手要钱，烂了左手；如果右手要钱，烂了右手。”

时间长了，有人拿一百金向他行贿，这个官人想接受，但因为自己从前发过誓，害怕受自己前誓的处罚。周围的人帮他开脱说：“请把这笔钱放进官人袖子中，如果要烂也只烂了袖子。”

官人认为这话说得对，于是收下了这笔钱。

O JURAMENTO

Jiang Yingke

Certo mandarim* corrupto tinha o hábito de aconselhar seus subordinados a serem honestos. Quando assumiu o cargo, ele fez o seguinte juramento:

– Caso eu aceite suborno com a minha mão esquerda, que ela seja decepada; e caso a mão direita aceite suborno, que ela também seja decepada.

Tempos depois, como o vício era grande e a tentação, muita, o mandarim aceitou suborno e foi descoberto. Ele ficou preocupado, pois poderiam lhe aplicar o castigo que ele mesmo havia sugerido. Seus ajudantes vieram em sua ajuda:

– Por que não corta apenas as mangas da túnica? Assim o senhor não perde as mãos.

O mandarim achou que era uma boa idéia.

* Mandarim: nome dado pelos portugueses aos funcionários públicos chineses. Desde a antigüidade, o ingresso nessa carreira se dava por meio de concurso público, muito concorrido.

对牛弹琴

昔公明仪为牛弹清角之操，伏食如故。非牛不闻，不合其耳矣。转为蚊虻之声，孤犊之鸣，即掉尾奋耳，蹀躞而听。

今译:

从前，公明仪给牛弹奏了一支高雅的清角调琴曲，牛照旧低头吃草。不是牛听不到琴声，而是琴声听不进它的耳朵里去啊！公明仪便改奏蚊子、牛虻的嗡嗡声，离群的牛犊的哞哞叫声，牛便摇摆着尾巴，竖起耳朵，踏着小步细心倾听起来。

MÚSICA PARA BOIS

Mou Rong

Um dia, Gong Mingyi, o mais conhecido músico do reino, tocou um trecho de música clássica para um boi. Ele nem se mexeu, continuando a pastar.

– Acho que ele não se interessa por esse tipo de música – pensou ele –, e acho também que não se trata aqui de uma questão de entender ou não a música clássica.

Gong Mingyi começou então a imitar o zumbido das moscas e os mugidos dos bezerros. Logo o boi ficou de orelhas em pé, balançou o rabo e se aproximou do músico para escutá-lo, porque aquela, sim, era uma música que lhe interessava.

刻舟求剑

楚人有涉江者，其剑自舟中坠于水，遽契其舟，曰：“是吾剑之所从坠。”舟止，从其所契者入水求之。

舟以行矣，而剑不行，求剑若此，不亦惑乎？

今译：

有一个楚国人乘船渡江，佩带的剑从船上掉入水中。他马上在船边刻个记号，说：“这是我的剑掉下水的地方。”船靠岸后，他就从刻着标记的地方跳入水中寻找剑。

船已经行进了，可落入水中的剑不会移动。像这样去找剑，岂不是太糊涂了吗？

MARCANDO O BARCO PARA ACHAR A ESPADA

Lü Buwei

Há muito tempo, um homem pegou um barco para atravessar o rio. Como ventava muito e o barco balançava, o homem deixou cair no rio a sua espada.

Calmamente, ele marcou na borda do barco a posição onde a espada tinha caído.

Quando o barco parou no porto, o homem tirou a roupa e pulou dentro do rio. Todo mundo veio ver o que estava acontecendo. Quando ele emergiu, alguém perguntou:

– O que você está fazendo?

– Eu estou procurando a minha espada. Quando ela caiu, fiz uma marca no barco para indicar o lugar onde tinha de procurá-la.

Ele acabou de falar e mergulhou novamente.

朝三暮四

宋有狙公者，爱狙，养之成群。能解狙之意，狙亦得公之心。损其家口，充狙之欲。

俄而匮焉，将限其食，恐众狙之不驯于己也，先诳之曰：“与若芧，朝三而暮四，足乎？”众狙皆起而怒。俄而曰：“与若芧，朝四而暮三，足乎？”众狙皆伏而喜。

今译：

宋国有个养猴子的人，很喜欢猴子，家里养了一大群猴子。他能了解猴子的意思，猴子也很会讨主人的喜欢。养猴的人宁愿减少自己家中的口粮，也要让猴子吃饱。

不久，他家里粮食匮乏了，打算限制猴子的口粮，又怕一群猴子不再顺从自己。于是先欺骗它们说：“分给你们橡栗，早晨三个，晚上四个，够吗？”众猴子都站起来发怒。过了一会儿，养猴的人又说：“分给你们橡栗，早晨四个，晚上三个，够吗？”众猴子都趴下来，很高兴。

TRÊS BANANAS DE MANHÃ

Liezi

Certa vez um criador de animais disse aos seus macacos:

– Vocês agora vão receber três bananas de manhã e quatro de tarde.

Os macacos ficaram transtornados. Agarraram-se às grades. Guincharam. Alguns até mostraram os dentes.

O criador disse-lhes então:

– Certo, certo! Que tal então quatro bananas de manhã e três de tarde?

Ouvindo isso, os macacos ficaram muito contentes e se aquietaram.

Alguns deles comentaram que aquela, sim, tinha sido uma grande vitória.

三年成一叶

宋人有为其君以玉为楮叶者，三年而成。锋杀茎柯，毫芒繁泽，乱之楮叶中而不可别也。此人遂以巧食宋国。

子列子闻之，曰："使天地之生物，三年而成一叶，则物之有叶者寡矣！故圣人恃道化而不恃智巧。"

今译：

宋国有个人为国君用玉石雕刻楮叶，三年时间才完成。叶子的尖端、叶茎和树枝都很逼真，极其微细的地方和明亮的光泽也和真的没什么两样，放在自然生长的楮叶中也不能分辨。此人于是凭他的智巧被宋国供养起来。

列子听说了这件事，说："要是天地间的植物都是三年才长成一片叶子，那植物中有叶子的就太少了！因此圣人依靠的是生物的自然生长规律，而不是依靠人们的智巧。"

UMA FOLHA EM TRÊS ANOS

Liezi

No Estado de Song um homem reproduziu em marfim uma folha de amoreira para dar de presente ao rei. Ele levou três anos nesse trabalho. O resultado foi uma folha maravilhosa, delicada nos traços, cores finas e brilhantes. Quando alguém a colocava junto com outra de verdade, ninguém conseguia distinguir uma da outra, de tão perfeita. Esse homem recebeu o pagamento do governador de Song por tamanha perfeição.

Ouvindo isso, Liezi disse:

– Se a Mãe Natureza precisar de três anos para fazer uma folha, tudo aquilo que tem folhas vai ser tornar uma raridade. Por isso, o sábio deve se apoiar na sabedoria da natureza, e não na inteligência dos homens.

斗牛图

蜀中有杜处士，好书画，所宝以百数。有戴嵩牛一轴，尤所爱，锦囊玉轴，常以自随。

一日曝书画，而一牧童见之，拊掌大笑，曰：“此画斗牛也，牛斗力在角，尾搐入两股间，今乃掉尾而斗，谬矣！”处士笑而然之。

今译：

四川有个杜处士，喜欢书画，他珍藏的作品数以百计。其中有一幅是名画家戴嵩画的牛，他尤其珍爱，用锦锻做成画袋，用玉石做成画轴，经常随身携带着。

有一天，他晾晒书画，一个牧童看见了这幅戴嵩画的牛，拍着巴掌大笑起来，说：“这张画画的是斗牛啊，牛在相斗的时候力气用在角上，尾巴紧紧地夹在两条后腿之间，现在这张画上的牛却是摇着尾巴相斗，错了！”杜处士笑了，认为他说得对。

COMBATE DE BÚFALOS

Su Shi

Na região de Shu vivia um homem que gostava muito de pintura e de caligrafia. Ele gostava muito de um quadro intitulado "Combate de búfalos".

Num dia de verão, ele levou a pintura para tomar sol no pátio, pois temia que a seda ficasse mofada.

Nesse momento vinha passando um menino que desde pequeno levava as vacas para pastar na colina ali perto. O menino começou a rir.

– De que está rindo? – perguntou o dono do quadro.

– Quando os búfalos brigam – explicou o menino –, eles põem toda a força nos chifres e apertam o rabo entre as pernas. Nesse quadro, eles balançam o rabo. Eu nunca vi um búfalo brigar desse jeito.

O colecionador sorriu, achando que o menino tinha razão.

中山狼传

赵简子大猎于中山，虞人导前，鹰犬罗后，捷禽鸷兽，应弦而倒者不可胜数。有狼当道，人立而啼。简子唾手登车，援乌号之弓，挟肃慎之矢，一发饮羽，狼失声而逋。简子怒，驱车逐之。惊尘蔽天，足音鸣雷，十步之外不辨人马。

时墨者东郭先生将北适中山以干仕，策蹇驴，囊图书，夙行失道，望尘惊悸。狼奄至，引首顾曰："先生岂有志于济物哉？昔毛宝放龟而得渡，隋侯救蛇而获珠，龟蛇固弗灵于狼也。今日之事，何不使我得早处囊中以苟延残喘乎？异时倘得脱颖而出，先生之恩，生死而肉骨也，敢不努力以效龟蛇之诚！"

先生曰："嘻！私汝狼以犯世卿，忤权贵，祸且不测，敢望报乎？然墨之道，兼爱为本，吾终当有以活汝。脱有祸，固所不辞也。"乃出图书，空囊橐，徐徐焉实狼其中。前虞跋胡，后恐疐尾，三纳之而未克。徘徊容与，追者益近。狼请曰："事急矣！先生果将揖逊救焚溺而鸣鸾避寇盗耶？惟先生速图！"乃跼蹐四足，引绳而束缚之，下首至尾，曲脊掩胡，猬缩蠖屈，蛇盘龟息，以听命先生。先生如其指，纳狼于囊，遂括囊口，肩举驴上，引避道左，以待赵人之过。

已而简子至，求狼弗得，盛怒，拔剑斩辕端示先生，骂曰："敢讳狼方向者，有如此辕！"先生伏踬就地，匍匐以进，跽而言曰："鄙人不慧，将有志于世。

O LOBO DE ZHONGSHAN

Ma Zhongxi

Zhao Jianzi, um funcionário muito importante do reino de Jin, organizou uma caçada na montanha. Ao ver um lobo, perseguiu-o, acertando-o nas costas com uma flecha. Mesmo ferido, o animal continuou a fugir. Estava por perto Mestre Dongguo, um velho letrado e moísta*, conhecido pelo seu bom coração. Ele tinha ido a Zhongshan em busca de emprego. Tinha saído bem cedo com seu burro, levando um saco cheio de livros. Ao vê-lo, o lobo, aterrorizado, deixou de correr e disse:

– Que bom vê-lo, Mestre! Sempre pronto para socorrer quem está precisando, não é mesmo? Tempos atrás, Mao Bao libertou uma tartaruga

* Moísta: seguidor do filósofo chinês Mozi (468?-376? a.C.) do Período da Primavera e do Outono e um dos pilares da filosofia chinesa, ao lado do confuncionismo e do taoísmo. Essa doutrina defende o amor entre as pessoas e a paz, bem como a recusa das coisas materiais.

奔走遐方，自迷正途，又安能发狼踪以指示夫子之鹰犬也？然尝闻之'大道以多歧亡羊'。夫羊，一童子可制之，如是其驯也，尚以多歧而亡；狼非羊比，而中山之歧可以亡羊者何限？乃区区循大道以求之，不几于守株缘木乎？况田猎，虞人之所事也，君请问诸皮冠。行道之人何罪哉！且鄙人虽愚，独不知夫狼乎？性贪而狠，党豺为虐，君能除之，固当窥左足以效微劳，又肯讳之而不言哉！”简子默然，回车就道。先生亦驱驴兼程而进。

良久，羽旄之影渐没，车马之声不闻。狼度简子之去已远，而作声囊中曰：“先生可留意矣。出我囊，解我缚，拔矢我臂，我将逝矣！”先生举手出狼，狼咆哮，谓先生曰：“适为虞人逐，其来甚速，幸先生生我。我馁甚，馁不得食，亦终必亡而已。与其饥死道路，与群兽食，毋宁毙于虞人，以俎豆于贵家。先生既墨者，摩顶放踵，思一利天下，又何吝一躯啖我而全微命乎？”遂鼓吻奋爪，以向先生。

先生仓卒以手搏之，且搏且却，引蔽驴后，便旋而走，狼终不得有加于先生，先生亦极力拒，彼此俱倦，隔驴喘息。先生曰：“狼负我！狼负我！”狼曰：“吾非固欲负汝，天生汝辈，固需吾辈食也！”相持既久，日晷渐移，先生窃念：“天色向晚，狼复群至。吾死矣夫！”

因绐狼曰：“民俗，事疑必询三老。第行矣，求三老而问之，苟谓我可食即食，不可即已。”狼大喜，即与偕行。

逾时，道无行人，狼馋甚，望老木僵立路侧，谓先生曰：“可问是老。”先生曰：“草木无知，叩焉何益？”狼曰：“第问之，彼当有言矣。”先生不得已，揖老木，具述始末，问曰：“若然，狼当食我耶？”木中轰轰有声，谓先生曰：“我，杏也。往年老圃种我时，费一核耳。逾年华，再逾年实，三年拱把，十年合抱，至于今二十年矣。老圃食我，老圃之妻、子食我，外至宾客，下至奴仆，皆食我。又复鬻实于市以规利。我其有功于老圃甚巨。今老矣，不得敛花就实，贾老圃怒，伐我条枚，芟我枝叶，且将售我工师之肆取直焉。噫！樗朽之材，桑榆之景，求免于斧钺之诛而不可得。汝何德于狼，乃觊免乎？是固当食汝。”言下，狼复鼓吻奋爪，以向先生。先生曰：“狼爽盟矣！矢询三老，今值一杏，何遽见迫耶？”复与偕行。

狼愈急，望见老牸曝日败垣中，谓先生曰：“可问是老。”先生曰：“向者草木无知，谬言害事。今牛，禽兽耳，更何问焉？”狼曰：“第问之，不问当咥汝。”先生

branca e depois foi ajudado por ela na hora de atravessar um rio. Mais tarde socorreu uma cobra e ela deu para ele uma pedra preciosa como forma de agradecimento. Tanto a tartaruga como a cobra não são tão delicadas quanto um lobo. Se me esconder dentro desse saco, estará me salvando a vida. E eu ficarei agradecido para sempre, assim como a tartaruga e a cobra.

Mestre Dongguo olhou para o lobo e disse:

– Se esconder um lobo fugitivo, estarei indo contra os que mandam no reino de Jin e atrairei a ira deles contra mim. Mas se você, lobo, conseguir escapar com a minha ajuda, certamente me retribuirá de alguma forma. Mas não é só isso. Mozi diz que o princípio mais importante na vida é o amor ao próximo. Só por isso vai receber uma ajuda, mesmo que signifique uma desgraça, porque não posso ir contra os meus princípios.

Mestre Dongguo tirou seus livros de dentro do saco e tentou por três vezes colocar dentro dele o lobo, com todo o cuidado, para não o machucá-lo. O lobo, desesperado, disse:

– Rápido, mestre! O senhor tem que pensar logo numa solução!

Assim, o lobo encolheu-se e ficou arqueado como um porco espinho, enrolado como uma cobra, a cabeça tão escondida como a de uma tartaruga. Mestre Dongguo seguiu então as recomendações do lobo e o colocou junto com os livros, amarrando a boca do saco bem firme e o colocando nas costas do burro.

Quando Zhao Jianzi chegou, não viu o lobo e ficou furioso. Cortou com a espada um dos eixos do carro e ameaçou:

– Quem ousar esconder o lobo terá o mesmo destino dessa roda!

Mestre Dongguo deitou-se no chão e disse:

– O seu humilde servo é muito estúpido, mas tem o desejo de realizar coisas muito importantes no mundo. Eu venho de longe e estou perdido. Como poderia saber para onde fugiu o lobo? Além do mais, lobo é um animal muito astuto. Como é que vou saber onde ele está? – Eu sou uma pessoa muito humilde. Já os lobos, são traiçoeiros e cruéis. Claro, farei todo

不得已，揖老牸，再述始末以问。牛皱眉瞪目，舐鼻张口，向先生曰："老杏之言不谬矣！老牸茧栗少年时，筋力颇健，老农卖一刀以易我，使我贰群牛，事南亩。即壮，群牛日以老惫，凡事我都任之。彼将驰驱，我伏田车，择便途以急奔趋；彼将躬耕，我脱辐衡，走郊坰以辟榛荆。老农视我犹左右手，衣食仰我而给，婚姻仰我而毕，赋税仰我而输，仓庾仰我而实。我亦自谅，可得帷席之蔽如马狗也。往年家储无担石，今麦秋多十斛矣；往年穷居无顾藉，今掉臂行村社矣；往年尘卮罂，涸唇吻，盛酒瓦盆，半生未接，今酝黍稷，据尊罍，骄妻妾矣；往年衣短褐，侣木石，手不知揖，心不知学，今持兔园册，戴笠子，腰韦带，衣宽博矣。一丝一粟，皆我力也。顾欺我老弱，逐我郊野，酸风射眸，寒日吊影，瘦骨如山，老泪如雨，涎垂而不可收，足挛而不可举，皮毛俱亡，疮痍未瘥。老农之妻妒且悍，朝夕进说曰：'牛之一身无废物也，肉可脯，皮可鞟，骨角可切磋为器。'指大儿曰：'汝受业庖丁之门有年矣，胡不砺刃于硎以待？'迹是观之，是将不利于我，我不知死所矣！夫我有功，彼无情，乃若是行将蒙祸。汝何德于狼，觊幸免乎？"言下，狼又鼓吻奋爪，以向先生，先生曰："毋欲速！"

遥望老子杖藜而来，须眉皓然，衣冠闲雅，盖有道者也。先生且喜且愕，舍狼而前，拜跪啼泣，致辞曰："乞丈人一言而生！"丈人问故，先生曰："是狼为虞人所窘，求救于我，我实生之。今反欲噬我，力求不免，我又当死之。欲少延于片时，誓定是于三老。初逢老杏，强我问之，草木无知，几杀我；次逢老牸，强我问之，禽兽无知，又将杀我；今逢丈人，岂天之未丧斯文也！敢乞一言而生。"因顿首杖下，俯伏听命。丈人闻之，唏嘘再三，以杖叩狼曰："汝误矣！夫人有恩而背之，不祥莫大焉！儒谓受人恩而不忍背者，其为子必孝，又谓'虎狼之（知）父子'。今汝背恩如是，则并父子亦无矣。"乃厉声曰："狼速去，不然，将杖杀汝！"

狼曰："丈人知其一，未知其二。请诉之，愿丈人垂听。初，先生救我时，束缚我足，闭我囊中，压以诗书，我鞠躬不敢息。又蔓辞以说简子，其意盖将死我于囊，

o possível para avisá-lo se souber de alguma coisa. Mas fique sabendo: jamais eu esconderia um lobo de Vossa Excelência.

Zhao Jianzi escutou em silêncio, deu as costas e foi embora. Mestre Dongguo seguiu então na direção oposta, forcejando com o burro, porque a carga tinha ficado mais pesada.

Logo que o lobo achou que os caçadores tinham se distanciado, gritou de dentro do saco:

– Mestre, me ajude a sair de dentro do saco e tire essa flecha do meu lombo!

Pouco depois, livre, o lobo começou a gritar:

– Mestre, o senhor me salvou há pouco dos caçadores que me perseguiam e eu nem sei como agradecer. Agora, estou morrendo de fome. Já que o senhor é seguidor de Mozi e gosta de ajudar o próximo, por que o senhor quer continuar vivendo, se sua vida pode salvar a minha?

– Como assim? Não entendi...

O lobo jogou-se então, de boca aberta e garras afiadas, sobre Mestre Dongguo. Ele, muito assustado, começou a se defender e a gritar que o lobo era muito ingrato, e os dois ficaram correndo em volta do burro.

O lobo respondeu:

– Eu não queria ser ingrato, mas pessoas como você são muito ingênuas e foram criadas para serem devoradas por nós!

O sol começou a se pôr e Mestre Dongguo pensou, nervoso:

– Está escurecendo muito depressa. Se vier a alcatéia, aí é que morro de verdade.

Fez então uma proposta ao lobo:

– De acordo com o costume popular, quando a gente tem uma dúvida, deve perguntar para quem tem mais idade e experiência. Vamos então procurar três opiniões diferentes. Se acharem que eu tenho de ser devorado, você me devora. Mas se acharem que eu mereço continuar vivendo, sinto muito, não poderá me comer.

而独窃其利也。是安可不咥？”丈人顾先生曰：“果如是，'是羿亦有罪焉。'”先生不平，具状其囊狼怜惜之意。狼亦巧辩不已以求胜。丈人曰：“是皆不足以执信也。试再囊之，吾观其状果困苦否？”狼欣然从之，信足先生。先生复缚置囊中，肩举驴上，而狼未知也。丈人附耳谓先生曰：“有匕首否？”先生曰：“有。”于是出匕。丈人目先生使引匕刺狼。先生曰：“不害狼乎？”丈人笑曰：“禽兽负恩如是，而犹不忍杀，子固仁者，然愚亦甚矣！从井以救人，解衣以活友，于彼计则得，其如就死地何！先生其此类乎？仁陷于愚，故君子之所不与也。”言已大笑，先生亦笑。遂举手助先生操刃共殪狼，弃道上而去。

今译：

赵简子在中山大规模地打猎，掌管山泽狩猎的官员在前面领路，猎鹰猎犬罗列在后面。飞得很快的鸟儿，凶猛的野兽，随着弓弦的响声而倒下的数也数不清。有一只狼挡在路中间，像人一样的站着嗥叫。赵简子往手上吐了口唾液，登上了车，拉开乌号名弓，把肃慎良箭夹在手指中，一箭射去，连箭尾都射进狼的躯体里去了，狼痛得忍不住大叫逃跑。简子大怒，驱车追赶狼。扬起的尘土遮蔽了天空，奔跑的脚步声像鸣响雷声一般，十步以外，就分辨不清哪是人哪是马。

正在这时，有一位信奉墨子学说的东郭先生正向北去，要到中山国去求官。他赶着一头瘦驴，口袋里装着图书，清早赶路迷失了道路。他望着扬起的灰尘，心惊胆颤。狼突然窜到他的面前，伸长脖子回头望着东郭先生说：“先生不是有救助别人的志愿吗？从前。毛宝放走一只白龟，后来得到白龟的帮助得以渡江活命；隋侯救了一条蛇，后来蛇衔给他一颗宝珠，龟和蛇本来是不如狼灵巧的。今天我遇到了祸事，您为什么不赶快把我藏进口袋里，使我垂危的生命得以延续呢？过一阵子，我要是能安全地从口袋里出来，先生的恩德，真是使死者复活，白骨长肉了，我怎么能不效仿龟蛇的诚心来报答您的大恩大德呢？”

东郭先生说：“啊呀！隐藏你这只狼而冒犯世卿，触怒权贵，大祸即将临头，哪敢指望你报恩呢？然而，墨家的学说，以兼爱为根本，我终归要想办法救活你，即使面临灾祸，也是不能推辞的。”于是把图书取出，把口袋腾空，慢慢地把狼装进里面去，往前装，担心狼的脚爪踩着它的下巴，往后装，又担心狼的身子压住它的尾巴，装了几次都没能成功。东郭先生犹豫不决，动作迟缓，追狼的人却越来越近了。狼恳求说：“事情危急了！先生果真要靠打躬作揖来抢救被火烧被水淹的人，在躲避盗贼

O lobo ficou feliz e seguiu com Dongguo pela estrada, à procura de quem fosse mais velho e mais experiente.

Depois de algum tempo, encontraram uma velha árvore na beira da estrada. O lobo, ávido, sugeriu que Dongguo explicasse a situação para ela. Mestre Dongguo respondeu ao lobo:

– As plantas são ignorantes. De que adianta perguntar?

O lobo disse:

– Pergunta, que ela vai responder.

Sem alternativa, Mestre Dongguo fez um gesto de reverência à velha árvore e contou o que tinha acontecido.

– Pelo que contei, acha que mereço ser comido por este lobo?

Algumas folhas, ainda verdes, começaram a farfalhar, e a árvore disse:

– Eu sou uma amendoeira. Anos atrás, quando o meu dono me plantou, só gastou uma semente. Depois de um ano, dei flores. Depois de dois anos, frutos. E depois de três, o meu tronco ficou bem grosso. E dez anos depois, dois homens não conseguiam me abraçar. Agora já se passaram vinte anos. "Nesse tempo todo, meu dono e sua mulher comeram os meus frutos. Não só eles, mas também as visitas. Os criados vendiam o que sobrava no mercado. Eu fiz muito para o meu dono. Agora que envelheci, não frutifico mais. Meu dono fica bravo e me poda sem nenhum cuidado. Pensa até em me derrubar, pegar minha madeira e vender para um carpinteiro. Uma inútil como eu, quando chega na velhice, só pensa em não cair na desgraça de um machado."

"Que gratidão espera do lobo? Ilusão pensar em escapar da morte. O lobo deve te comer!"

Mal a velha amendoeira acabava de falar, o lobo veio lambendo os beiços, preparando-se para dar o bote. Mestre Dongguo advertiu-o:

– Olha, lobo, nada de quebrar promessa. Combinamos conseguir três opiniões diferentes e estamos na primeira. Nada de se apressar, achando que já tem a resposta!

我就死定了！”于是骗狼说；“按照民间的习惯，有了疑难的事，一定要请教三位老者。我们只管往前走，找三位老人问问这件事，如果他们说我应该被吃，你就吃；如果说我不应该被吃，那就作罢。”狼很高兴，就跟东郭先生一同往前走。

过了些时候，路上没有行人，狼馋极了，看见一棵老树直挺挺地立在路旁边，对东郭先生说：“可以问问这棵老树。”东郭先生说：“草木没有知觉，问它有什么用？”狼说：“只管问它，它会有话说的。”东郭先生没有办法，向老树作揖施礼，详细地讲了事情的始末，问道：“像这样的情况，狼应该吃我吗？”树中发出轰轰的声音，对东郭先生说：“我是一棵杏树。往年种树老人种我的时候，只不过费了一个杏核罢了。过了一年就开花，再过一年就结果，三年就有两把那么大，十年就有两臂合抱那么粗，到现在已经二十年了。这些年，种树老人吃我的果实，他的妻子儿女吃我的果实，外至宾客，下至奴仆，都吃我的果实。还把我的果实拿到集市上去卖，谋取利润。我对种树老人的功劳是非常大的。现在我老了，不能再落花结果了，引起种树老人的怨恨，砍伐我的枝条，剪掉我的枝叶，并要把我卖到木匠铺里去换取钱财。唉，像我这样没用的材料，到了晚年的时光，想免遭斧钺的砍伐是不可能的。你对狼有什么恩德，竟想侥幸免于一死呢？这实在是应当把你吃掉。”老树的话说完，狼又张牙舞爪，扑向东郭先生。东郭先生说：“狼，你背盟失信了！本来发誓要询问三位老者，现在只遇到一棵老杏树，为什么这样急迫地逼我呢？”于是，狼又与东郭先生一同往前走。

狼更急了，远远望见一头老母牛，正在残破的矮墙里晒太阳，狼对东郭先生说：“可以问问这位老者。”东郭先生说：“刚才草木无知，用荒谬的言辞搞乱了事情。现在是一头牛，不过是禽兽罢了，又问它做什么呢？”狼说：“只管问它。不问，我就咬死你。”东郭先生迫不得已，向老母牛作揖施礼，又讲述了事情的始末，问狼该不该吃他。牛皱起眉头，瞪着眼睛，舔着鼻子，张开口，对东郭先生说：“老杏树说的话不错呵！我这头老母牛还当牛角像蚕茧和栗子那么大的少年时节，筋力非常强健，老农卖掉一把刀把我换了来，使我辅助群牛，在田里耕作。等我长壮了，其他的牛一天天地衰老疲弱，一切劳作都由我来承担。主人要驱车打猎，我就低头来拉着打猎的车子，挑近路快速奔跑；主人要耕田，我就被卸下车子，跑到郊外去开辟荒地，除掉荆棘。老农把我看作左右手一样，穿衣吃

O lobo ficou muito nervoso e, pouco depois, ao avistar uma velha vaca que tomava os últimos raios de sol, disse ao Mestre Dongguo:

– Essa vaca é bem velhinha. Ela pode ser a segunda da lista.

Mestre Dongguo respondeu sarcástico:

– Agorinha mesmo você me pediu que expusesse o problema para uma planta ignorante, que só me prejudicou. Agora, uma vaca? Ah, assim não dá! Vaca é apenas um animal doméstico e me nego a perguntar qualquer coisa para ela!

O lobo respondeu:

– Melhor perguntar, porque estou com muita fome.

Não tendo saída, Dongguo fez um sinal de reverência à vaca e contou do início ao fim o que tinha acontecido. No fim, perguntou se ele merecia ser comido pelo lobo.

A vaca franziu a testa, arregalou os olhos, deu uma lambida no nariz, abriu a boca e disse:

– A velha amendoeira tem razão! Quando eu era nova, os meus chifres eram do tamanho de um bicho-da-seda, mas muito fortes. Meu dono me trocou por uma faca, para que eu ajudasse os bois a lavrarem a terra. Depois os bois envelheceram, não conseguiam mais trabalhar e eu tinha de fazer todo o trabalho sozinha, arando terra a perder de vista.

"Meu dono saía pra caçar e quem é que puxava a carroça? Euzinha, aqui! Corria atrás dele, para não me perder.

"Quando ele mesmo queria arar, me tirava da canga, mas eu ia na frente, arrancando os espinhos. Eu era sua mão direita e sua mão esquerda. Eu contribuía para que não faltassem comida e roupa em casa. Eu levava e buscava as filhas e as noras nos casamentos. Era eu que pagava os impostos, transportava os grãos e enchia o celeiro.

"Antigamente, na casa do meu dono, não havia sacos de grãos sobrando. Agora, depois de pagar os impostos, ainda sobra uma porção.

"Antes, meu dono não tinha ninguém que cuidasse dele e vivia sem segurança nenhuma. Agora anda de peito aberto, balançando os braços pra lá e pra cá.

的时候鸣响车上的铃铛吗？希望先生赶快想办法！”于是，狼把四条腿蜷曲起来，让东郭先生用绳子捆住，它又把头向下弯到尾巴上，弓起背脊，掩住下巴上垂下的肉，像刺猬那样缩成一团，像尺蠖那样弯曲身体，像蛇那样盘起身子，像龟那样把头缩进躯壳，听凭东郭先生的摆布。东郭先生按照狼的意思，把它装进了口袋，于是束紧了袋口，用肩扛起来放在驴背上，牵着驴躲在道旁，等待着赵简子的人马过去。

一会儿，简子来了，没有问到狼的去向，非常愤怒，拔出剑来斩断了车辕的一端给东郭先生看，骂道：“有谁敢隐瞒狼逃跑的去向，就叫他跟这车辕一样！”东郭先生趴倒在地上，爬着前进，长跪着说：“鄙人是愚蠢的，但有志愿要在世上干一点事。我在远方奔走，连自己都迷了路，又怎能指出狼的踪迹，来引导您的猎鹰猎犬呢？但我听说过这样的话：’大路上因为岔路多，羊容易走失。’羊，一个儿童就可以把它制服，像它这样的驯服，尚且因为路上的岔路多而走失；狼不是羊能够比拟的，而中山的岔路很多，能走失羊的机会多得很。您却仅仅沿着大路寻找，这不跟’守株待兔’、’缘木求鱼’差不多吗？况且打猎的事情，是掌管山泽狩猎的官员所管辖的，请您去问那些官员。我们赶路的人有什么罪过呢？况且鄙人虽然愚蠢，难道不了解狼吗？它的本性贪婪狠毒，和豺结成一伙行凶作恶。您能除掉它，我理当尽一点微力为您效劳，又怎么肯隐瞒而不说呢？”赵简子沉默了，掉转车头上路了。东郭先生也赶着驴以两倍的速度前进。

过了很久，赵简子的旌旗的影子逐渐消失了，车马的声音听不见了，狼估计赵简子已经去远了，就在口袋里出声说：“先生请注意啊！把我从口袋里放出来，解开我身上的绳子，拔掉我臂上的箭，我要走了呀！”东郭先生抬手把狼放了出来。狼咆哮着对东郭先生说：“刚才我被打猎的人追赶，来势很快，幸亏先生救活了我。现在我饿极了，饿了得不到吃的东西，也是终归必定会死的。与其饿死在路上，让一群野兽吃掉，还不如被猎人杀死，给贵人们当作食物。先生既然是信奉墨家学说的人，不怕劳苦，不顾身体，想要有利于天下，又何必吝惜您的身躯，让我吃了保全我的小命呢？”就张牙舞爪，扑向东郭先生。

东郭先生急忙用手打狼，一边打，一边退却，躲在驴子后面，围着驴子转着圈躲避。狼到底不能加害东郭先生，东郭先生也极力抗拒，双方都疲倦了，隔着驴子喘气。东郭先生说：“狼对不起我，狼对不起我！”狼说：“我本来不想对不起你，只是天生你们这些人，本来就是给我们吃的呀！”双方相持了很长时间，太阳的影子渐渐西移，东郭先生私下想：“天色越来越晚了，狼再成群地跑

"Antes as garrafas de vinho do meu dono viviam empoeiradas. Seus lábios eram rachados, nunca tinham pousado numa taça. Agora ele mesmo faz o vinho, bebe-o em taças finas e se exibe, orgulhoso, na frente de sua mulher.

"Antigamente, ele vestia calças arregaçadas nas canelas e a sua camisa era um remendão só. Só conseguia ser amigo de pedras e de plantas. Não tinha onde colocar as mãos. Não sabia o que era saber. Agora, carrega em suas mãos livros, anda de chapéu e de cinto, todo elegante. Cada fio, cada grão, cada coisa em sua casa foram obtidos com o meu trabalho.

"O meu dono, vendo que eu já estou velha e cansada, me expulsou para esta parte solitária do descampado. Quando sopra o vento frio, meus olhos doem de tão secos. Estou sozinha e sem ninguém. Magra como um palito. Minhas lágrimas secaram. Não consigo mais controlar a saliva dentro de minha boca. Mal consigo ficar em pé. Estou perdendo pêlos e ninguém passa remédio em minhas feridas.

"A mulher do meu dono é má e invejosa. Fica o dia inteiro falando pra todo mundo que eu sou um traste velho e inútil. Diz que se eu for levada para o matadouro, pelo menos podem conseguir carne seca para comer, couro para curtir, ossos e chifres para instrumentos. Vive dizendo ao seu filho: 'Você tem curso de magarefe, por que não amola essa faca e faz o serviço?'.

"A situação para mim está feia, como pode ver. Nem sei onde vou morrer. Prestei valiosos serviços ao meu dono mas, e daí? Meu dono é um ingrato, apesar de todo o meu esforço.

"Que gratidão esperar então de um lobo? Ilusão a sua, querer escapar da morte. Se quer saber minha opinião, o lobo deve te comer!"

O lobo abriu a boca para pegar Mestre Dongguo, mas parou no meio do caminho ao ouvir:

– Calma! Pra que essa pressa toda?

Nesse momento, viu um velhinho vindo pela estrada, apoiado na sua bengala. Mestre Dongguo correu na sua direção, ajoelhou-se diante dele e disse, chorando:

拉着打猎的车子，挑近路快速奔跑；主人要耕田，我就被卸下车子，跑到郊外去开辟荒地，除掉荆棘。老农把我看作左右手一样，穿衣吃饭仰仗我供给，儿女的婚姻仰仗我完成，赋税仰仗我输送，粮食仓库仰仗我装满。我也料想过，我死了以后能得到一领帷席遮蔽尸体，像马和狗一样得到埋葬。过去主人家没有一石粮食的积蓄，现在麦收的时候可以多收十斛的粮食； 过去过着穷日子， 没人顾惜他， 安慰他，现在他甩着手臂在村社里走动；过去主人家的酒杯和酒瓶落满了灰尘，干裂了嘴唇，盛酒的瓦盆，半辈子没有接触过，现在他用黍稷酿酒，拿着盛酒的器具，在妻妾面前自高自大；过去他穿着粗布短衣，和木石打交道，两手不知道作揖，心里不知道学问；现在手里拿着《兔园册》，戴着笠帽，腰间束着皮带，穿着宽绰舒适的衣服了。他的一条线一粒粮，都是依靠我的力量得来的。但是现在他欺负我年老力弱，把我赶到郊野，冷风刺痛我的眼睛，寒冷的日光照着我的影子，我干瘦的骨头像柴棒一样，老泪如雨，口涎垂下不能控制，腿脚痉挛抬不起来，皮毛都脱落光了，创伤不见愈合。老农的妻子又嫉妒又凶狠，一天到晚向老农进言说：’牛的一身没有废物，肉可以制成肉脯，皮可以制革，牛角和牛骨可以磨制器具。’她指着大儿子说：’你向厨师学习技艺有好几年了，为什么不在磨刀石上把刀刃磨快了去对付它呢？’从这些迹象看来，将要对我不利，我不知道会死在什么地方了！我是有功劳的，他们却无情义，我就这样将要蒙受大祸了。你对狼有什么恩德，竟想侥幸免于一死呢？”老母牛的话说完，狼又张牙舞爪扑向东郭先生。东郭先生说：“不要着急！”

正当这时，远远望见一位老人拄着藜杖走来，胡须眉毛雪白，穿戴从容文雅，大概是个有德行的人。东郭先生又喜又惊，撇开狼迎上前去，跪拜哭泣，对老丈说：“求老丈说一句话，使我能够活命！”老人问他原因，东郭先生说：“这只狼被打猎官员紧紧追

– Senhor, uma palavra de sua boca pode salvar minha vida!

O velhinho quis saber o que estava acontecendo.

– Este lobo estava sendo perseguido pelos caçadores e me pediu ajuda. Ajudei. Salvei a vida dele. Agora ele quer me devorar. Eu lhe suplico, diga alguma coisa a meu favor, que ele descubra o grande erro que está cometendo.

"Como quis ganhar tempo, combinei com ele pedir outras opiniões, mas de quem tivesse mais experiência e mais idade. Primeiro, encontramos uma velha amendoeira. O lobo disse que ela devia ser consultada. Como o senhor sabe, as plantas são estúpidas, e a opinião dela quase me leva à morte.

"Depois, encontramos uma velha vaca. Os animais também são estúpidos, como o senhor sabe, e ela também achou que eu devia ser comido pelo lobo. Foi então que avistamos o senhor vindo pelo caminho. Pode, por gentileza, dizer algumas palavras justas a meu favor?!"

Ao dizer essas palavras, Mestre Dongguo bateu várias vezes a cabeça no chão, em sinal de reverência.

O velhinho, ouvindo o relato de Dongguo, deu um grande suspiro e bateu com a bengala no chão. Ele disse ao lobo:

– Você errou, lobo! Em vez de agradecer, comete essa ingratidão! E que ingratidão! Recebe ajuda e nem agradece? Devia agradecer, como diz Confúcio, agradecer quando recebe uma ajuda, dentro e fora de casa. Até tigre e lobo têm de retribuir o que receberam. Alguma vez já agradeceu ao seus pais, lobo?!

O lobo disse:

– É que o senhor não está entendendo. Melhor eu contar: há pouco, quando eu pedi ajuda para esse Mestre Dongguo, ele me amarrou as patas e me jogou para dentro do saco, empilhando livros em cima de mim. Esmagado debaixo dos livros, eu nem podia respirar. Em seguida, quando o caçador chegou, eles ficaram conversando durante muito tempo. Mestre Dongguo

逼，求救于我，是我救了它的命，现在它反过来要吃我，我极力恳求也不能幸免，我就要死在它手里了。我想稍稍拖延一点时间，约定了请三位老者判定是非。开始遇到一棵老杏树，狼强迫我问它，草木无知，差点断送了我的性命；第二次遇到一头老母牛，畜生无知，又差点儿送了我的命。现在遇见了老丈，这岂不是天不绝我这读书人的命吗？请老丈说一句话救我的命！”说罢，在老人杖下叩头，俯伏听从老人吩咐。老人听了东郭先生的话，再三地叹气，用藜杖敲击狼说：“你错了！别人对你有恩，你却背叛了他，没有比这更大的不祥了！儒家说，受了人家的恩德而不忍心背叛的，他作为子女必然是孝顺父母的，又说'虎狼也懂得父子的情义'。现在你这样忘恩负义，就连父子的情义也没有了。”便厉声说：“狼快滚开，不然的话，我要用藜杖打死你！”

狼说：“老丈您只知其一，不知其二，请允许我诉说这件事情，希望老丈听一听。当初，东郭先生救我的时候，束缚我的脚，把我封闭在袋子里，用诗书压着我，我弓着身子不敢喘气。他又用冗长而无关紧要的话去说服简子，他的意图大概是想把我弄死在口袋里，以便独占好处。像这样的人怎么能不吃掉他呢？”老人回过头对东郭先生说：“如果真是这样，那您也是有过失的。”东郭先生愤愤不平，详细地叙述了他把狼装进口袋时的怜惜之意。狼也不停地狡辩，以求驳倒东郭先生。老丈说：“这些话都不能使人相信。试一试再把狼装进口袋里，我看看它的样子是不是真的难受？”狼高兴地答应了，把脚伸给东郭先生。东郭先生重新把狼捆住放进口袋里，用肩扛着口袋放到驴背上，狼还不知道是怎么回事。老人贴着东郭先生的耳朵对他说：“你有匕首吗？”东郭先生说：“有。”于是拿出了匕首，老人使眼色要东郭先生用匕首刺狼。东郭先生说：“这样不是伤害了狼吗？”老人笑着说：“禽兽这样忘恩负义，你还不忍心杀它，你确实是个仁德的人，但是也太愚蠢了！跟着跳下井去救落井的人，解下自己的衣服去救活冻僵的友人，对于被救的人来说，这样做是适宜的，可是自己就要走向死地，又怎么办呢？先生您大概就是这一类的人吧！仁德而陷入愚蠢的境地，本是君子所不赞成的。”说罢，老丈大笑，东郭先生也笑了。于是，老丈动手帮助东郭先生拿起匕首，共同把狼杀死，将狼的尸体丢弃在路上，就离开了。

queria que eu morresse sem ar dentro do saco, pois assim poderia vender minha pele por um bom dinheiro. Um tipo de gente como essa não merece ser devorada?

– Eu não acredito em nada do que está falando – disse o velho. – Entre de novo no saco, pois quero saber, por mim mesmo, se você estava muito apertado junto com os livros.

O lobo aceitou alegremente e entrou de novo para dentro do saco.

– Você tem uma faca? – perguntou o velho, bem baixinho, na orelha do Mestre.

– Sim – ele respondeu, passando-lhe a faca.

Imediatamente o velho fez sinal que o Mestre enfiasse a faca no saco. Mestre Dongguo gritou:

– Se eu fizer isso, vou machucar o lobo!

O velho começou a rir:

– Você hesita em matar um animal feroz que lhe foi tão ingrato? Você é muito bom, Mestre, mas você é também muito bobo.

Em seguida, ele ajudou Mestre Dongguo a passar a faca na garganta do lobo e seguiram caminho, deixando o cadáver na estrada.

庄生梦蝶

昔者庄周梦为胡蝶，栩栩然胡蝶也，自喻适志与！不知周也。俄然觉，则蘧蘧然周也。不知周之梦为胡蝶与，胡蝶之梦为周与？周与胡蝶，则必有分矣。此之谓物化。

今译：

过去庄周做梦变成了蝴蝶，完全是一只高兴畅快的蝴蝶，真是快活适意啊！不知道自己是庄周了。一会儿醒来，才惊讶地发现自己是庄周。不知道是庄周做梦变成蝴蝶呢，还是蝴蝶做梦变成了庄周呢？庄周与蝴蝶，那必定是有分别的。这就叫做物化。

O SONHO DE ZHUANGZI

Zhuangzi

Uma vez, ao pôr do sol, Zhuangzi cochilava debaixo de uma árvore quando sonhou que havia se transformado numa borboleta.

Ele bateu asas, certo de que era uma borboleta...

Esvoaçou aqui e ali com tal regozijo que logo se esqueceu de que era Zhuangzi. E ficou confuso: era essa a magnífica borboleta que Zhuangzi havia sonhado, ou era essa borboleta que havia sonhado ser Zhuangzi?

Talvez Zhuangzi fosse a borboleta! Ou talvez a borboleta fosse Zhuangzi!

É esse o resultado da transformação das coisas.

真耶？梦耶？

郑人有薪于野者，偶骇鹿，御而击之，毙之。恐人见之也，遽而藏诸隍中，覆之以蕉。不胜其喜。

俄而遗其所藏之处，遂以为梦焉。顺涂而咏其事。傍人有闻者，用其言而取之。既归，告其室人曰："向薪者梦得鹿而不知其处；吾今得之，彼直真梦矣。"

室人曰："将是梦见薪者之得鹿邪？讵有薪者邪？今真得鹿，是之梦真邪？"夫曰："吾据得鹿，何用知彼梦我梦邪？"薪者之归，不厌失鹿。

其夜真梦藏之之处，又梦得之之主。爽旦，案所梦而寻得之。遂讼而争之，归之士师。士师曰："初真得鹿，妄谓之梦；真梦得鹿，妄谓之实。彼真取鹿，而与争鹿。室人又谓梦仞人鹿，无人得鹿。今据有此鹿，请二分之。"

以闻郑君。郑君曰："嘻！士师将复梦分人鹿乎？"访之国相。

国相曰："梦与不梦，臣所不能辨也。欲辨觉梦，唯黄帝孔丘。今亡黄帝孔丘，孰辨之哉？且恂士师之言可也。"

O SONHO DO CAÇADOR

Liezi

Um lenhador de Zheng viu um veado no campo e o matou com um tiro. Com medo de ser pego, ele escondeu o veado sob folhas de bananeira. E foi embora contente.

Pouco depois ele se esqueceu do lugar onde tinha escondido o veado e pensou que o episódio tivesse sido um sonho. A caminho de casa, começou a conversar sozinho, falando alto sobre esse sonho. Quando falou mais uma vez, um carroceiro que vinha passando escutou suas palavras e imaginou onde o veado podia estar escondido. Logo encontrou o veado e o levou para casa.

Esse carroceiro falou para a sua mulher:

– O lenhador sonhou que tinha matado um veado e havia esquecido o lugar onde o tinha escondido. Eu então achei o veado. Neste caso, o sonho deve ser verdadeiro.

Sua mulher disse:

– Existia de fato um lenhador? Ou você sonhou com um lenhador? Embora você tenha agora o veado, isso não significa que o sonho seja verdadeiro.

O carroceiro respondeu:

– Eu tenho o veado. Não me interessa qual dos sonhos é verdadeiro, o dele ou o meu, o veado é verdadeiro.

Acontece que o lenhador tinha ido para casa muito triste por ter perdido o veado.

Naquela noite ele teve um sonho. No seu sonho apareceu o carroceiro que o tinha escutado enquanto ele falava sozinho e que, no fim, havia encontrado o veado.

今译：

郑国有一个人在野外打柴，遇到一头受惊的鹿，这个人抵抗鹿，击倒它，杀死了鹿。这人怕别人看到鹿，赶快把鹿藏到一个没有水的城壕中，用木柴树叶覆盖，非常高兴。

之后，这人找不到他藏鹿的地方了，于是就认为获得鹿和藏起鹿这整件事都是做梦。这个人一路上唱歌，歌词中讲述了这件事。另外一个人听到了他的歌，就根据歌词找到了鹿。这个找到鹿的人回家后，告诉他的妻子说：“刚才那个砍柴的人梦见得到鹿而不知道鹿在哪里，我现在得到了它，那个人真是在做梦啊！”妻子说：“你是梦见砍柴人得到鹿了吗？哪里有砍柴人呢？现在你真的得到了鹿，是你的梦成真了吗？”丈夫说：“我占有了鹿就足够了，知道是他做梦还是我做梦又有什么用呢？”砍柴人回到家中，对于失去了鹿很不满意。

这天夜里他当真梦到了藏鹿的地方，又梦到了得到鹿的那人。清早，砍柴人按照梦里的情况寻找到了得鹿的那人。于是两人争论了起来，争夺鹿，一起到法官那里去求裁决。法官说：“你当初真的得到了鹿，说这是梦，是不对的；如果真是梦到得了鹿，说这是事实也是不对的。这个人真的拿走了你的鹿，同你争夺鹿。他的妻子又说是他梦到得了别人的鹿，实际上没有人真的得到鹿。现在你们想要占有这头鹿，请让我把它平均分给你们两个人。”

法官把这件事报告给郑国的国君。国君说：“啊！法官大概是又梦到把鹿分给两个人了吧？”国君向国相询问。

国相说：“是不是梦，我不能够分辨。能够辨别梦和现实的人，只有黄帝和孔丘。现在没有了黄帝和孔丘，谁能够辨别呢？姑且按照法官的话去做就可以了。”

Na manhã seguinte, seguindo seu sonho, ele achou esse homem e o veado. Levou então os dois ao juiz, esperando uma sentença favorável, que possibilitasse a ele recuperar o veado.

O juiz disse:

– Primeiro o lenhador matou o veado, mas pensou que fosse um sonho. Depois ele sonhou que tinha matado o veado e acreditou que isso fosse real. Ele encontrou o carroceiro que vinha passando e que pegou o veado real e, agora, acusa esse mesmo carroceiro, para recuperar seu veado. Como dizer que o carroceiro não pegou o veado do sonho de outro homem e sim do sonho do lenhador? Logo, o veado não é de ninguém. O veado está aqui e é real. Melhor então dividi-lo entre os dois.

O juiz achou o caso muito difícil e apelou ao rei Zheng. Este, sorrindo, fez a seguinte observação:

– Bom, pelo jeito vão dizer que o juiz sonhou com uma divisão do veado. Acho que esse caso deve ser levado ao conselheiro-mor.

O rei Zheng mandou o caso para o conselheiro-mor. Não demorou muito, veio a resposta:

– Não sei dizer se esse caso é sobre sonho ou realidade. E apenas sábios como Huangdi* ou Confúcio** podem diferenciar sonhos de realidade. Como os dois já morreram, recomendo que siga a sentença do juiz.

---

* Huangdi: lendário primeiro imperador chinês, que teria vivido antes de 2100 a.C.

** Confúcio (551-479 a.C.): filósofo e educador, fundou uma escola homônima que é a base da cultura chinesa. Defendia a benevolência, o amor filial, a lealdade e a justiça. Teve mais de três mil alunos. A sua obra está reunida em um volume intitulado "Analectos". Viveu no período da Primavera e do Outono.

赵襄主学御

赵襄主学御王于期，俄而与于期逐，三易马而三后。

襄主曰："子之教我御，术未尽也。"

对曰："术已尽，用之则过也。凡御之所贵，马体安于车，人心调于马，而后可以追速致远。今君后则欲逮臣，先则恐逮于臣。夫诱道争远，非先则后也；而先后心在于臣，上何以调于马？此君之所以后也。"

今译：

赵襄主向王于期学习驾车。不久之后，他就和王于期比赛，换了三次马，但三次都落后了。

襄主说："你教我驾车，技术还没有教完。"

王于期回答说："技术已经教完了，你使用这技术却犯了错误。大凡驾车时很重要的是，要让马的身体套在车上感到舒服，人的心思要和马的动作协调，这样才能跑得快跑得远。现在你落在后面就想追上我，跑到前面就怕被我追上。其实把马引上大道比赛跑得远，不是跑在前面就是掉在后面；而你不管是跑在前面还是掉在后面，心思都放在我身上，又怎么能去调度马呢？这就是你落后的原因啊。"

A MATÉRIA E O ESPÍRITO

Han Feizi

O rei Xiang, do Estado de Zhao*, aprendeu a arte de dirigir carruagem com Wang Ziqi. Depois de algum tempo, o rei apostou uma corrida com Wang. Ele chegou a trocar os cavalos três vezes, mas assim mesmo perdeu.

– Ao me ensinar a dirigir carruagem, não me ensinou tudo o que sabia, – disse o rei.

– Eu ensinei tudo o que sei – respondeu Wang. – Mas Vossa Majestade não usou corretamente as habilidades aprendidas. O que existe de mais importante ao dirigir uma carruagem é que os corpos dos cavalos sintam-se confortáveis em relação à carruagem e que a mente do condutor esteja em harmonia com os cavalos. Só assim pode conseguir grande velocidade e percorrer grandes distâncias.

– Quando vem atrás de mim, o Senhor quer sempre me alcançar, e quando está na minha frente, tem medo de que eu o alcance. Conduzindo carruagens em corrida de longa distância, a gente está na frente ou atrás. Não importa. E o senhor, na frente ou atrás, fica com a mente sempre ocupada comigo. Assim, como pode ficar em harmonia com os cavalos? É por isso que não consegue ganhar a corrida.

---

* Zhao: antigo feudo, localizado na região atualmente ocupada pela província de Hebei, no Norte da China.

画鬼最易

客有为齐王画者。齐王问曰:“画孰最难者?”

曰:“犬马最难。”

“孰最易者?”

曰:“鬼魅最易。夫犬马,人所知也,旦暮罄于前,不可类之,故难;鬼魅,无形者,不罄于前,故易之也。”

今译:

有一个宾客是给齐王作画的。齐王问他:“什么东西最难画?”

这个人回答说:“狗、马这一类东西最难画。”

齐王又问:“什么东西最容易画呢?”

这个人回答说:“妖魔鬼怪是最容易画的了。因为狗、马这类东西,人人都很熟悉,从早到晚都可以见得到,画的稍有不像,别人一眼就会看出来,所以说最难画。至于妖魔鬼怪,那是无形的东西,谁也没有见过,怎么画都可以,所以说最容易画。”

O PINTOR DE FANTASMAS

Han Feizi

Um dia o príncipe de Qi chamou um dos pintores que estavam trabalhando para ele.

– O que é mais difícil de pintar?

– Cachorros e cavalos são os mais difíceis.

– E o que é mais fácil?

– Fantasmas e monstros – disse o artista. – Cachorros e cavalos nos são familiares. A toda hora vemos um, seja de dia, seja de noite. Porém, é difícil pintá-los do jeito que eles são. Já os fantasmas e monstros não têm uma forma definida, e ninguém nunca os viu. Por isso são mais fáceis de serem pintados.

虎逐麋鹿

虎逐麋，麋奔而阚于崖，跃焉；虎亦跃而从之。俱坠以死。

麋之跃于崖也，不得已也，前有崖而后有虎，进退死也，故退而得虎，则有死而无生之冀。进而跃焉，虽必坠，万一有无望之生，亦愈于坐而食于虎者也。若虎，则进与退皆在我，无不得已也，而随以俱坠，何哉？麋虽死而与虎俱亡，使不跃于崖，则不能致虎之俱亡也。虽虎之冥，亦麋之计得哉！呜呼！若虎可以为贪而暴者之永鉴矣。

今译：

一只老虎追赶一只麋鹿，麋鹿奔上悬崖，俯视了一下，就跳下去了；老虎也跟着它跳了下去。结果，它们都摔死了。

麋鹿从悬崖跳下去，是不得已，因为前有悬崖而后有老虎追赶，向前是死，后退也是死，因此后退就会被老虎抓到，只会死而没有活的希望。向前跳下悬崖，虽然必定摔下，但万一能够侥幸活下来，也比坐等被老虎吃掉好。而那老虎，则进退全由自已决定，不是出于不得已，却跟着麋鹿摔下悬崖，为什么呢？麋鹿虽然死了，却能和老虎同归于尽，如果麋鹿不跳下悬崖，就不能使老虎和它一起死。虽然是老虎愚昧造成的，也是麋鹿的计谋成功了啊！呜呼！那老虎可以作为贪婪残暴的人的永远的镜鉴。

A CORÇA E O TIGRE

Liu Ji

Um tigre caçava uma corça, mas ela fugiu pulando e gritando na direção de um precipício. Ela pulou. O tigre também. Ambos morreram.

Yulizi* fez um comentário:

– A corça precisava pular, pois, tendo o precipício na frente e o tigre atrás, não havia outra saída. Se a corça voltasse, seria devorada. Se pulasse no precipício, haveria uma pequena chance de se salvar, o que, em último caso, seria melhor do que ser devorada pelo tigre. Já o tigre, poderia parar ou seguir adiante, dependendo de sua vontade.

– Então, por que ele escolheu pular e morrer junto com a corça?

– Se a corça não tivesse pulado, o tigre não teria morrido. Isso mostra a estupidez do tigre diante da habilidade da corça. Os que são despóticos e avarentos como os tigres bem que poderiam aprender essa lição.

---

* Yulizi é o pseudônimo do escritor Liu Ji (1311-1375). Em "Os autores", no fim deste livro, há uma nota sobre ele.

枭将东徙

枭逢鸠。

鸠曰："子将安之？"

枭曰："我将东徙。"

鸠曰："何故？"

枭曰："乡人皆恶我鸣，以故东徙。"

鸠曰："子能更鸣，可矣。不能更鸣，东徙犹恶子之声。"

今译：

猫头鹰遇见了斑鸠。

斑鸠问道："你要到哪里去？"

猫头鹰说："我要搬到东方去。"

斑鸠说："为什么呢？"

猫头鹰说："乡里的人都讨厌我的叫声，所以我要搬到东方去。"

斑鸠说："如果你能够改变你的叫声，就可以了。如果不能改变叫声，即使搬到东方去，那边的人还是会讨厌你的叫声的。"

A CORUJA QUE QUERIA MUDAR DE CASA

Liu Xiang

A coruja encontrou uma pombinha.

– Aonde vai? – perguntou a pombinha.

– Estou de mudança para bem longe – respondeu a coruja.

– E por quê? – quis saber a pombinha.

– Todo mundo aqui detesta o meu pio – respondeu a coruja. – Por isso estou indo embora.

– Se mudar de voz, tudo bem – disse a pombinha. – Mas se não mudar, mesmo indo para longe as pessoas continuarão a não gostar de você.

掩耳盗钟

范氏之亡也，百姓有得钟者。欲负而走，则钟大不可负。以椎毁之，钟况然有音。恐人闻之而夺已也，遽揜其耳。

恶人闻之，可也；恶已自闻之，悖矣。

今译：

范氏灭亡的时候，有一个老百姓得到一口大钟。这人想背着钟跑掉，可是钟太大不能背。这人便用椎去击毁它，钟发出洪亮的声音。这人怕别人听见而从自己这里夺走这口大钟，急忙捂住自己的耳朵。

怕别人听到钟声是对的；怕自己的耳朵听到钟声，实在是荒谬啊。

O HOMEM QUE ROUBOU UM SINO

Lü Buwei

Há muito e muito tempo, um homem resolveu roubar o sino da porta de um senhorio*, por achá-lo bonito.

Quando chegou a noite, pé ante pé, ao aproximar-se da porta disposto a pegar o sino, pensou:

– Não vai dar, não. No momento em que eu pegar o sino, ele vai soar e, soando, acordará o pessoal da casa! O que eu posso fazer? Já sei! Vou tapar os meus ouvidos.

Achando-se muito esperto, o ladrão tapou os próprios ouvidos e começou a tirar o sino da porta. Ele não ouviu nada, mas acordou toda a família do senhorio.

* Senhorio: senhor, dono, proprietário. Aqui no sentido de um grande proprietário na China antiga.

揠苗助长

宋人有闵其苗之不长而揠之者，芒芒然归，谓其人曰："今日病矣！予助苗长矣！"

其子趋而往视之，苗则槁矣。

今译：

宋国有一个人，担心自己田里的禾苗长不快，就把禾苗逐棵拔高了一些，疲劳倦怠地回到家里，对家里人说："今天累坏了！我帮助禾苗长高了！"

他的儿子赶紧跑到田里去看，禾苗全都枯干了。

AJUDANDO AS PLANTAS A CRESCEREM

Mêncio

Um homem da região de Song achou que os brotos na sua plantação estavam crescendo muito devagar. Ele puxou um por um para cima e voltou exausto para casa.

– Estou hoje muito cansado – disse para a sua família –, estava até agora ajudando as plantas a crescerem.

Seu filho correu até a plantação para ver o que tinha acontecido e encontrou todas as plantas mortas.

与狐谋皮

周人有爱裘而好珍羞，欲为千金之裘而与狐谋其皮，欲具少牢之珍而与羊谋其羞。言未卒，狐相率逃于重丘之下，羊相呼藏于深林之中。

今译：

周地有一个人喜爱皮衣，喜好珍奇美味的食品。他想缝制一件价值千金的狐裘，便去与狐狸商量剥取它的皮，又想杀一头羊当作祭祀的食品，便去与羊商议割取它的肉。话没有说完，狐狸便一个跟着一个的逃到重叠的丘陵下面去了，羊也一个呼唤一个的藏到深林中去了。

PELES E BOA COMIDA

Fu Lang

Havia um homem que adorava peles e boa comida. Como a pele custava muito caro nas lojas, ele saiu para o campo procurando raposas. Quando encontrou algumas, disse com uma voz bem doce:

– Raposas, quero fazer um casaco de pele de raposa, mas não tenho a pele. Posso cortar a de vocês?

As raposas nem acreditaram no que estavam ouvindo. Uma respondeu:

– Claro que não!

Elas correram então para se refugiar no fundo da floresta.

Um dia, esse homem queria dar um banquete de carne de cordeiro. Reuniu então as ovelhas e pediu candidamente:

– Quero dar um banquete para meus amigos. Gostaria que algumas de vocês me deixassem cortar umas pernas e também alguns lombos. Vocês também, se quiserem, estão convidadas!

Ouvindo isso, as ovelhas fugiram para o alto das montanhas.

Esse homem tinha muitos planos, mas nunca conseguia preparar um banquete nem fazer um casaco de pele.

Ele vivia se lamentando:

– Ninguém me entende!

鲲鹏和斥鴳

穷发之北有冥海者，天池也。有鱼焉，其广数千里，未有知其修者，其名为鲲。有鸟焉，其名为鹏，背若泰山，翼若垂天之云。抟扶摇羊角而上者九万里，绝云气，负青天，然后图南，且适南冥也。

斥鴳笑之曰："彼且奚适也？我腾跃而上，不过数仞而下，翱翔蓬蒿之间，此亦飞之至也，而彼且奚适也？"

今译：

在不毛之地的北面，有个极深的黑色的大海，叫做天池。天池里有一条鱼，身宽几千里，没人知道它有多长，它的名字叫鲲。那里有一只鸟，它的名字叫做鹏，背像泰山那样高大，翅膀像垂天之云。它扇动翅膀，结聚风力，形成像羊角一样形状的旋风，乘风直上九万里，穿过云气，背负青天，然后打算向南飞，将要到南方的深海去。

小鸟斥鴳讥笑它说："那大鹏将要飞到哪里去呢？我跳跃着飞上去，不过飞几丈高就降下来，在飞蓬和青蒿之间盘旋飞舞，这也是飞的最高限度了，而那大鹏将要飞到哪里去呢？"

O PASSARINHO E O PASSARÃO

Zhuangzi

No estéril Norte, existia um mar profundo chamado Tianchi. Nesse mar havia um peixe muito comprido e ninguém sabia dizer quantos metros ele tinha de uma ponta a outra nem qual era o seu nome.

Um dia esse peixe transformou-se em um pássaro gigantesco, chamado Roca. Suas costas eram do tamanho da montanha Tai, e as suas asas estendiam-se como nuvens negras até a linha do horizonte.

Quando dava um impulso para voar, criava um turbilhão de vento e, pouco depois, desaparecia no céu, voando, de uma só vez, uns 45 mil quilômetros.

Um dia o pássaro Roca atravessou as nuvens, tapando o sol, em direção ao sul, no rumo do mar.

Uma codorninha, assistindo a toda aquela cena, zombou dele, dizendo:

– Aonde ele pensa que vai? Eu, num pulo, vôo algumas dezenas de metros, escolho uma direção e furo o ar em parafuso, entrando na moita. Essa é uma boa altura de vôo. E ele, aonde pensa que vai?

哭母跨孝

东家母死，其子哭之不哀。

西家子见之，归谓其母曰："社何爱速死？吾必悲哭社！"

夫欲其母之死者，虽死亦不能悲哭矣。

今译：

东邻家的母亲死了，她的儿子哭得并不哀痛。

西邻家的儿子看见了，回家对他母亲说："母亲何不早点死呢？我一定悲痛地哭您！"

凡是盼望他母亲死的人，即使他母亲真的死了，他也不可能悲痛地哭。

UM FILHO CHORA PELA MORTE DE SUA MÃE

Liu An

Duas famílias moravam próximas, tendo um pátio em comum. A que tinha a porta da casa virada para leste estava de luto, pois sua mãe acabava de morrer. Seu filho chorava por ela, mas o choro era bem fraquinho.

O filho da família cuja porta da casa era voltada para o oeste reparou no choro do vizinho. Ele então disse para sua mãe:

– A senhora está velha, mamãe. Já está na hora de morrer. Por que não morre agora? Mas não se preocupe, vou chorar bem alto quando a senhora não estiver mais aqui. Não vou ser como o nosso vizinho.

神鱼

会稽石亭埭，有大枫树，其中朽空，每雨，水辄满。

有估客携生鲥至此，辄放一头于朽树中。

村民见之，以鱼鲥非树中之物，咸神之。乃依树起室，宰牲祭祀，未尝虚日，目为鲥父庙。有祷请及秽慢，则祸福立至。

后估客复至，大笑，乃求鲥臛食之，其神遂绝。

今译：

会稽石亭的土坝上，有一棵大枫树，它的中心因为腐朽已经空了，每次下雨的时候，雨水就灌满了空洞。

有一个贩货的行商带着活鲫鱼到了这里，就在朽树中放了一条鲫鱼。

村民看见这条鲫鱼，认为鲫鱼本来不是树中能生长出来的动物，都把这条鲫鱼当成神。于是依附着树建造起了房室，宰杀牲畜祭祀，没有一天不进行祭拜的，把这视为鲫神庙。向它祈祷请求的，会立即得到降福；侮辱怠慢它的，会立即遭到灾祸。

后来那个行商又来到了这里，看到这个情况，大笑，于是把鱼从树干里取出来做成肉羹吃了，那鲫鱼神也就没有了。

O PEIXE SOBRENATURAL

Liu Jingshu

Na beira de um caminho existia uma figueira frondosa. Toda vez que chovia, seu tronco enchia-se de água, pois estava oco. Um dia passou por ali o dono de uma peixaria. Ele sentou-se debaixo da árvore para descansar. Ao descobrir o oco no tronco da figueira, jogou dentro dele um peixe.

Algum tempo depois veio por esse mesmo caminho um viajante. Ele ficou maravilhado ao descobrir que aquela árvore era capaz de dar peixes.

– Deve ser um peixe santo – disse.

A notícia espalhou-se. Veio gente de todo lugar para ver o peixe sobrenatural. Rezavam e faziam oferendas ao peixe santo. O lugar ficou muito conhecido, inclusive com uma feira próspera, onde se vendia de tudo.

Acontece que passou por ali outra vez o dono da peixaria. Vendo as conseqüências de seu gesto, ele pescou o peixe e o comeu frito na frente de todo mundo.

Desde então, ninguém mais veio queimar incenso debaixo dessa figueira.

白头豕

往时辽东有豕，生子白头，异而献之。行至河东，见群豕皆白，怀惭而还。

今译：

过去辽东有一头母猪，生下一只小猪，头是白色的，母猪认为这不是一只普通的猪，要把它献上去。走到河东，看到成群的猪都是白色的，便胸怀惭愧地回去了。

O PORCO DE CABEÇA BRANCA

Zhu Fu

Na região de Liaodong*, todos os porcos têm a cabeça preta. Um criador de suínos, no entanto, ficou surpreso ao ver nascer um porquinho de cabeça branca. Todo mundo admirou o porquinho tão diferente.

O criador de porcos ficou muito contente. Ele decidiu então apresentar o porquinho de cabeça branca para o imperador. Porém, ao chegar na região de Hedong**, onde estava o imperador, viu que todos os porcos daquela região tinham a cabeça branca.

---

* Liaodong: ao leste da atual província de Liaoning, no Nordeste chinês.

** Hedong: denominação antiga da região para onde corre o rio Amarelo, atual província de Shanxi, Norte da China. O rio Amarelo é o segundo maior rio da China, a sua nascente se localiza na província de Qinghai, Norte do país, e deságüa no mar Bohai, ao leste.

白龙鱼服

昔白龙下清泠之渊，化为鱼。渔者豫且射中其目。白龙上诉天帝。

天帝曰：“当是之时，若安之而形？”

白龙对曰：“我下清泠之渊，化为鱼。”天帝曰：“鱼固人之所射也。若是，豫且何罪夫？”

今译：

从前白龙降落到清泠之渊里，变化成一条鱼。渔夫豫且射中了它的眼睛。白龙向天帝控告豫且。

天帝问：“在那个时候，你在哪里，你是什么形貌？”

白龙回答说：“我降落到清泠之渊里，变化成一条鱼。”

天帝说：“鱼本来就是人所射取的。如果是这样，豫且有什么罪呢？”

O REI DRAGÃO QUE VIROU PEIXE

Liu Xiang

O rei Dragão* tomou a forma de peixe para nadar nas águas de um rio. Um pescador que passava por ali atirou uma flecha e furou o olho do peixe. O rei Dragão subiu depressa ao céu para reclamar ao Deus dos Deuses.

O Deus dos Deuses perguntou:

– No momento em que o pescador lançou a flecha, ele te via na forma de um dragão ou na forma de um peixe?

– Nesse momento ele me via como um peixe – disse o rei Dragão.

O Deus dos Deuses respondeu:

– Se um pescador viu um peixe e o visou com uma flecha, por que você vem aqui reclamar?

---

* Dragão: animal fabuloso, representado normalmente por uma serpente coberta de escamas, geralmente com garras de leão e que expele fogo pela boca. Na história antiga, era associado com o imperador.

老虎求生

人有置系蹄者，而得虎。虎怒，决蹯而去。

虎之情，非不爱其蹯也，然而不以环寸之蹯害七尺之躯者，权也。

今译：

有个人设置了一架拴缚野兽蹄爪的器具，捉住了一只老虎。老虎很愤怒，挣断了一只脚掌跑掉了。

老虎的心情，并不是不爱护它的脚掌，但却不能因为顾惜一寸大小的脚掌，而葬送七尺的身躯，这是权变之计啊！

UMA QUESTÃO DE VIDA OU DE MORTE

Liu Xiang

Certa vez um caçador preparou uma armadilha para pegar um tigre no alto de uma montanha. Essa armadilha era de aço. Bastava o tigre tocá-la com a pata para que ela se fechasse, prendendo-o até a chegada do caçador.

Pouco depois veio o tigre pela trilha. Ele estava com fome e cansado. E então, pisando nas folhas secas, ouviu um clique de metal, seguido de uma dor muito forte na pata direita. Sua reação foi a de um animal que compreende que está correndo um grande perigo.

Ele urrou de dor e pouco depois se calou, concluindo que os urros não iriam deixar livre sua pata. Assim mesmo tentou de tudo para se ver livre da armadilha. No fim, começou a pular, desesperado, até que sua pata se partiu, ficando na armadilha, e ele se viu livre do caçador, que já se aproximava.

狐假虎威

虎求百兽而食之，得狐。

狐曰：“子无敢食我也！天帝使我长百兽。今子食我，是逆天帝命也。子以我为不信，吾为子先行，子随我后，观百兽之见我而敢不走乎？”

虎以为然，故遂与之行。兽见之皆走。虎不知兽畏己而走也，以为畏狐也。

今译：

老虎搜寻百兽作食物，抓到了一只狐狸。

狐狸说：“你是不敢吃我的！天帝派我做百兽之王。现在你要吃我，这是违背天帝的命令。你如果认为我不可靠，我就为你走在前面，你跟在我后面，看看百兽见到我有敢不逃走的吗？”

老虎认为这话说得对，所以就与狐狸一起走。果然野兽看见它们都逃走了。老虎不知道野兽是怕自己才逃跑的，还以为是怕狐狸呢。

A RAPOSA E O TIGRE

Liu Xiang

Um tigre agarrou uma raposa na floresta e decidiu matá-la para comê-la no almoço. A raposa, muito esperta, disse ao tigre:

– Se eu fosse você, não me comeria. Sou uma enviada do Imperador do Céu para ser o rei dos animais. Ele vai ficar muito desgostoso ao saber que você me matou por causa de uma simples refeição.

O tigre exclamou:

– Ah, é?!

– Se duvida do que estou dizendo, vem atrás de mim, vamos passear na floresta. Vai notar que os animais ficarão aterrorizados ao me verem.

O tigre aceitou a proposta.

Os dois foram para a floresta, a raposa na frente, o tigre logo atrás. Em pânico, todos os animais fugiam. O tigre ficou espantado. Ele não percebeu que os animais fugiam dele, e não da raposa.

猱吃虎脑

兽有猱，小而善缘，利爪。虎首痒，则使猱爬搔之。不休，成穴，虎殊快不觉也。猱徐取其脑啖之，而汰其余以奉虎，曰："余偶有所获腥，不敢私，以献左右。"虎曰："忠哉，猱也！爱我而忘其口腹。"啖已又弗觉也。久而虎脑空，痛发，迹猱，猱则已走避高木。虎跳踉大吼乃死。

今译：

野兽中有一种叫猱，身体小而善于爬树，爪子很锋利。老虎头痒，就叫猱替它搔痒。猱搔个不停，抓成了一个洞，老虎感到非常舒服，没有发觉。猱慢慢地从洞中取出老虎的脑浆吃，而把淘汰剩下的脑浆奉献给老虎，说："我偶然获得了一点荤腥，不敢自己吃，献给您吃吧！"老虎说："猱真是忠心呵！它因为爱我，竟然忘了自己的口腹。"吃的是自己的脑浆还没有发觉。时间久了，老虎的脑浆吃空了，疼痛发作，去追踪猱，猱早已爬到很高的树上躲起来了。老虎蹦跳大吼，于是死去了。

O MACACO DOURADO QUE COMIA CÉREBRO DE TIGRE

Wang Shizhen

Havia no Sul da China um macaco esperto e bonzinho. Ele tinha o pêlo dourado e vivia em cima das árvores. Um tigre muito feroz tinha feito amizade com esse macaquinho. Ao descansar debaixo da árvore, o macaquinho vinha coçar sua cabeça. O cafuné era tão gostoso que o tigre logo adormecia.

Com o tempo, o macaquinho abriu um buraco na cabeça do tigre. Mas o tigre não percebeu, porque o cafuné era muito gostoso. Então, pouco a pouco, o macaquinho começou a comer o cérebro do tigre. Nesses momentos, ele suspendia o cafuné para levar à boca os pedacinhos de cérebro.

O tigre resmungava:

– Ah, por que parou o cafuné?!

O macaquinho comia sem pressa o cérebro do tigre e voltava a fazer cafuné, deixando-o de cabeça vazia. O tigre, que não percebia o que estava acontecendo, ficava muito calmo. Um dia chegou a dizer:

– Estou me sentindo melhor. Hoje passei o dia de cabeça tão cheia!

Uma vez o macaquinho acordou o tigre para lhe oferecer um pedaço do cérebro. O tigre não gostou. O macaquinho disse:

– Come! Estava passando no mercado e me deram essas iguarias deliciosas. Se comer, quem sabe um dia se torna o rei dos animais! Pensei logo no senhor, porque me disseram que esse tipo de comida tem poderes milagrosos.

O tigre comeu pedacinhos do próprio cérebro, mas achou-os um pouco sem gosto. Agradeceu assim mesmo a gentileza do macaquinho.

Finalmente, um dia o tigre começou a sentir uma terrível dor de cabeça. O macaquinho ainda tentou explicar ao tigre que essa dor vinha das incomodações dos outros animais da floresta, que o deixavam de cabeça cheia. O tigre gostou da explicação.

Uma semana mais tarde, o tigre percebeu o que estava realmente acontecendo. Era tarde, o macaquinho já tinha fugido para o alto de um coqueiro. O tigre urrou de dor durante três dias, pulando de um lado para o outro, até que bateu a cabeça numa pedra e morreu.

两虎相斗

有两虎诤人而斗，管庄子将刺之。

管与止之曰：“虎者，戾虫；人者，甘饵。今两虎诤人而斗，小者必死，大者必伤。子待伤虎而刺之，则是一举而兼两虎也。无刺一虎之劳，而有刺两虎之名。”

今译：

有两只老虎为争食一个人而相斗，管庄子要去刺杀它们。

管与阻止他说：“老虎，是凶猛的野兽；人，是美味的食物。现在两只老虎为争食一个人而相斗，小的必定会被咬死，大的必定会受伤。你等到老虎受了伤再去刺杀它，那就一下子能得到两只老虎了。不费刺杀一只老虎的力气，却得到了刺杀两只老虎的名声。”

TIGRE *VERSUS* TIGRE

Liu Xiang

Certa vez os guerreiros Guan Zhuangzi e Guan Yu vinham por um caminho quando encontraram dois tigres brigando por carne humana. Guan Zhuangzi foi logo pegando a espada para matá-los.

– Não faça isso – gritou Guan Yu.

Guan Zhuangzi quis saber o motivo:

– Está com medo?

– Os tigres gostam muito de carne humana – explicou Guan Yu –, e ficam ferozes se interrompidos quando comem. Veja bem, são dois tigres lutando pela comida. O mais fraco deles será morto. Além disso, o sobrevivente estará ferido por causa dessa luta. Basta esperar e matar apenas um. Todo mundo vai saber que você matou dois tigres, mas se fizer do jeito que falo, não será com muito esforço.

Guan Zhuangzi decidiu seguir esse conselho. Pouco depois, quando um dos tigres estava morto, ele matou o outro sem muito esforço.

吃素

猫项下偶带数珠，老鼠见之，喜曰：“猫吃素矣。”率其子孙诣猫言谢。猫大叫一声，连啖数鼠。老鼠急走，乃脱，伸舌曰：“他吃素后越凶了！”

今译：

猫颈项下偶然带了几颗佛珠，老鼠见了，高兴地说：“猫吃素了。”于是率领它的子孙前往猫的居所表示感谢。猫大叫一声，一连吃掉了好几只老鼠。老鼠连忙逃窜，才脱了险，伸出舌头说：“他吃素后更凶狠了！”

O GATO VEGETARIANO

Youxizhuren

O gato achou que estava ficando velho demais para pegar rato. Colocou um colar de monge ao redor do pescoço e saiu para passear. Os ratos ficaram muito surpresos com a mudança, pois monges geralmente não comem carne.

– O gato agora é vegetariano – gritou um deles, correndo para anunciar a novidade.

Depois de uma longa reunião, os ratos decidiram ir em cortejo agradecer ao gato por uma decisão tão sábia. Um pequeno grupo decidiu não participar da cerimônia de agradecimento, dizendo que podia se tratar de um truque do gato.

O cortejo já era esperado pelo gato e tudo saía conforme ele havia planejado. Ele partiu então para o ataque, agarrando três ratos, dos grandes, e devorou-os ali mesmo, na frente dos outros, que fugiram apavorados.

Os ratos reuniram-se novamente para discutir a situação. Um deles disse:

– Eu bem que avisei que podia ser um truque!

Houve quem não apreciasse esse comentário. Um rato que ali estava de visita explicou:

– Esse fato apenas comprova que os gatos vegetarianos são mais ferozes do que os carnívoros!

Depois disso, suspenderam a reunião para observar melhor o comportamento do gato.

智力

郁离子曰："虎之力，于人不啻倍也。虎利其爪牙而人无之，又倍其力焉，则人之食于虎也无怪矣。然虎之食人不恒见，而虎之皮人常寝处之，何哉？虎用力，人用智，虎自用其爪牙，而人用物。故力之用一，而智之用百。爪牙之用各一，而物之用百，以一敌百，虽猛不必胜。故人之为虎食者，有智与物而不能用者也。是故天下之用力而不用智，与自用而不用人者，皆虎之类也，其为人获而寝处其皮也，何足怪哉？"

今译：

郁离子说："老虎的力气，比起人来不只是大一倍。老虎有锋利的爪牙而人却没有，又使它的力气加倍的大了，那么人被老虎吃掉也就不奇怪了。但老虎吃人不常见，而老虎的皮却常常被人用来坐卧，这是为什么呢？因为老虎运用的是力气，人运用的是智谋，老虎只能用它自己的爪牙，而人能使用工具。所以力气的作用如果算作一，那么智谋的作用就相当于一百。爪牙的作用各算作一，而工具的作用相当于一百，用一敌百，虽然凶猛也不一定能取胜。所以人被老虎吃掉的原因，是因为有智谋和工具而不能使用。因此天下那些只知用力而不知用智谋，以及只知用自己的力量而不善于用别人的力量的人，都属于老虎一类的，被人捕获，皮被人用来坐卧，有什么值得奇怪呢？"

A FORÇA E A SABEDORIA

Liu Ji

Yulizi diz que a força do tigre é, sem dúvida alguma, superior à do homem. O tigre possui garras e dentes afiados e fortes, e o homem não. Logo, é natural que o homem seja devorado pelo tigre. Contudo, é raro se ter notícia de homem devorado por tigre, mas é freqüente encontrar tapete de tigre nas casas.

O que acontece?

O tigre usa a força, enquanto o homem usa a inteligência. O tigre possui apenas garras e dentes afiados, enquanto o homem maneja armas. A força é equivalente a um, mas a inteligência é equivalente a cem. O tigre atua sozinho, enquanto o homem atua em grupo. Um tigre sempre perderá, caso lute contra cem homens, mesmo sendo feroz. Um homem só será alimento de tigre se for impedido de usar a sua inteligência ou de usar as suas armas.

Por isso é que se diz que um homem que usa apenas a sua força e não a sua inteligência, ou atua sozinho e não em grupo, é considerado um tigre. Então, por que não usar as peles dessas pessoas nas casas, como tapetes?

庖丁解牛

庖丁为文惠君解牛，手之所触，肩之所倚，足之所履，膝之所踦，砉然响然，奏刀騞然，莫不中音。合于《桑林》之舞，乃中《经首》之会。

文惠君曰："嘻！善哉！技盖至此乎？"

庖丁释刀对曰："臣之所好者，道也，进乎技矣。始臣之解牛之时，所见无非牛者。三年之后，未尝见全牛也。方今之时，臣以神遇，而不以目视，官知止而神欲行，依乎天理，批大郤，道大窾，因其固然，枝经肯綮之未尝，而况大軱乎？良庖岁更刀，割也；族庖月更刀，折也。今臣之刀十九年矣，所解数千牛矣，而刀刃若新发于硎。彼节者有间，而刀刃者无厚；以无厚入有间，恢恢乎其于游刃必有余地矣。是以十九年而刀刃若新发于硎。虽然，每至于族，吾见其难为，怵然为戒，视为止，行为迟，动刀甚微，謋然已解，如土委地。提刀而立，为之四顾，为之踌躇满志，善刀而藏之。"

文惠君曰："善哉！吾闻庖丁之言，得养生焉。"

O MAGAREFE PAO DING

Zhuangzi

Pao Ding era magarefe* imperial do rei Liang. Ele conseguia destrinchar a carne do osso do boi apenas pressionando o boi com as mãos, segurando com os ombros, pisando com os pés e amparando com o joelho. Nesses momentos, só se ouvia um "shh..." da carne sendo separada dos ossos. Quando a faca entrava na carne do animal era como se estivesse ouvindo música.

O rei Liang, maravilhado com a habilidade do magarefe, disse:

– Que maravilha! Como é que você aprendeu essa técnica de abate?

Pao Ding colocou a faca de lado e respondeu:

– O meu passatempo favorito é observar a ordem e o princípio do Universo e buscar a perfeição. Quando eu comecei a aprender a arte de abater animais, eu só via o boi como um inteiro. Após três anos, eu já entendia da anatomia do boi como a palma de minha mão e não o via mais como um ser inteiro. Agora, eu uso apenas os demais sentidos, principalmente o coração, para tocar o boi, e não uso mais os olhos para examinar seu corpo.

"De acordo com a anatomia natural do boi, enfio a faca precisamente no vão entre a carne e o osso do animal. A minha faca jamais tocou uma veia, artéria, nervo ou na carne rente dos ossos, e quem dirá no fêmur do bicho!

"Um cozinheiro bom troca de faca uma vez por ano, porque ele a usa para separar os nervos da carne. Um cozinheiro mediano troca de faca uma vez por mês, porque ele usa a faca para cortar os ossos. Pois bem, eu estou usando essa minha faca há dezenove anos e ela já abateu milhares de cabeças, mas a lâmina continua como tivesse sido recém-afiada.

* Magarefe: açougueiro, carniceiro. Pessoa que abate e esfola as reses no matadouro.

今译：

庖丁给梁惠王宰牛，他用手按着，用肩抗着，用脚踩着，用膝盖抵着，骨肉分离嚾嚾作响，刀砍下去吭吭有声，每个动作无不符合一定的音律，合乎《桑林》舞曲，切合《经首》乐章的节奏旋律。

梁惠王说："咦！好啊！技术怎么高超到这种地步呢？"

庖丁放下刀，回答说："我所喜好的是道，比起一般的技术更进一步了。当初我刚学宰牛的时候，所看见的无非是完整的牛。三年之后，就不再看见完整的牛了。现在，我只用心神去领会，而不用眼睛去察看，感官的知觉停止后心神运行，依照牛身的天然构造，砍开连接的骨节，顺着骨节的空隙，按照牛身体本来的情况运刀，那些支脉、经脉、粘着骨头的肉、骨头上的筋，我的刀刃从未碰过，何况那大块的骨头呢？好厨师每年换一次刀，因为他们是用刀去割筋肉；一般的厨师每月换一次刀，因为他们是用刀去砍骨头。现在我这把刀已经用了十九年了，所宰的牛也有几千头了，可是刀刃还像刚在磨刀石上磨过的一样。那牛身上的骨节是有空隙的，而我的刀刃却薄得像没有厚度一样；用没有厚度的刀刃切进骨节的空隙，真是宽宽绰绰，运刀大有余地啊！所以用了十九年，刀刃还是像刚磨过的一样。虽然如此，每当遇到筋骨交错连结的地方，我也知道不好办，就警惕戒备，目光专注，动作放慢，进刀很是轻细，牛的骨肉喀嚓解开了，像沙土散在地上一样。我提刀而立，四方望望，心满意足，把刀擦干净收藏起来。"

梁惠王说："好啊！我听了庖丁这一番话，懂得养生的道理了。"

"Entre a carne e o osso do boi existe um espaço vazio, e a espessura de minha lâmina é ainda mais fina do que esse vão. Quando a lâmina entra no espaço entre a carne e o osso, ainda fica folgada; por isso, uso-a há dezenove anos e continua afiada como antes.

"Apesar disso, cada vez que eu erro e deparo com o lugar de contato entre o músculo e a carne, eu também sinto dificuldade, e assim fico com a atenção redobrada, diminuo a velocidade e a força do movimento, me concentro ainda mais e, dessa forma, a carne do boi se separa do osso como se fosse a casca de uma banana. Nesse momento, retiro a faca, olho no entorno, sinto-me satisfeito, então limpo e guardo a faca."

O rei Liang respondeu:

– Fantástico! A partir do relato de Pao Ding aprendi qual é o princípio da vida.

另开一个大池子

王荆公好言利，有小人谄曰："决梁山泊八百里水以为田，其利大矣。"

荆公喜甚，徐曰："策固善，决水何地可容？"

刘贡父在坐中，曰："自其旁别凿八百里泊，则可容矣。"

荆公笑而止。

今译：

王荆公喜欢谈论利，有个品行不正派的人向他谄媚说："如果排干梁山泊八百里的水，用来开垦种田，这获利很大啊。"

荆公很高兴，可是慢慢地说："计策固然很好，这排出来的水哪里能够容纳呢？"

刘贡父当时也在座，说："从梁山泊的旁边另外开凿一个方圆八百里的水泊，那就可以容纳啊。"

荆公笑了，打消了这个念头。

O LAGO

Shao Bowen

Wang Anshi, primeiro-ministro na dinastia dos Song, tinha grande interesse no desenvolvimento do país. Um dia, um homem que procurava cair nas suas boas graças lhe fez a seguinte proposta:

– Secando uma parte do lago Liangshanbo*, por volta de 800 li**, o senhor terá uma grande quantidade de terras férteis.

Wang gostou dessa idéia. E quis saber:

– Mas para onde levaremos a água do lago?

---

* Lago Liangshanbo: localizado na cidade de Chongqing, no período das Cinco Dinastias (907-960), era um lago estratégico, já que na época a China enfrentou um longo período de estiagem.

** Li: antiga medida chinesa, equivalente a quinhentos metros.

濠梁之上

庄子与惠子游于濠梁之上。庄子曰："鯈鱼出游从容，是鱼之乐也。"

惠子曰："子非鱼，安知鱼之乐？"

庄子曰："子非我，安知我不知鱼之乐？"

惠子曰："我非子，固不知子矣；子固非鱼也，子之不知鱼之乐，全矣。"

庄子曰："请循其本。子曰'汝安知鱼乐'云者，即已知吾知之而问我，我知之濠上也。"

今译：

庄子和惠子在濠水的桥梁上漫游。庄子说："白鯈鱼出游从容逍遥，这是鱼的快乐。"

惠子说："你不是鱼，怎么知道鱼的快乐呢？"

庄子说："你不是我，怎么知道我不知道鱼的快乐呢？"

惠子说："我不是你，确实不知道你；而你确实不是鱼，那么你不知道鱼的快乐，是完全肯定的了。"

庄子说："请让我追寻事情的根本。你说'你怎么知道鱼的快乐'这样的话，便是已经知道我知道鱼的快乐而问我的，我是在濠水之上知道鱼的快乐的。"

A FELICIDADE DOS PEIXES

Zhuangzi

Um dia Zhuangzi e Huizi* estavam atravessando uma ponte sobre um rio. Zhuangzi olhou para as águas e disse:

– Olhe como os peixes estão nadando felizes!

Huizi ficou surpreso:

– Como você sabe que eles estão felizes? Você não é um peixe!

Zhuangzi não deixou por menos:

– E você não é eu. Como sabe que eu não sei que os peixes estão felizes?

A situação pareceu complicar-se.

– Claro que eu não sou você – falou Huizi –, e eu não sei o que você pensa. Mas tenho certeza de que você não é um peixe. Assim, não sendo peixe, nunca poderá saber se o peixe está nadando feliz.

Zhuangzi esperou que Huizi acabasse de falar, permaneceu em silêncio por instantes e disse, como se encerrasse a conversa:

– Veja bem, quando você me perguntou como eu sabia que os peixes estavam felizes, já sabia que eu sabia que os peixes estavam felizes. E eu tinha certeza disso observando-os do alto da ponte.

---

* Huizi (300?-400? a.C.), da época dos Estados Combatentes, era conselheiro do rei Liang e célebre orador que gostava de polêmicas. Também era um homem com grandes conhecimento de ciências naturais.

惠子善譬

客谓梁王曰：“惠子之言事也善譬。王使无譬，则不能言矣。”王曰：“诺。”明日见，谓惠子曰：“愿先生言事则直言耳，无譬也。”惠子曰：“今有人于此而不知弹者，曰：’弹之状何若？’应曰：’弹之状如弹。’谕乎？”王曰：“未谕也。”“于是更应曰：’弹之状如弓，而以竹为弦，’则知乎？”王曰：“可知矣。”惠子曰：“夫说者固以其所知，谕其所不知，而使人知之。今王曰无譬，则不可矣。”王曰：“善。”

今译：

宾客对梁王说：“惠子讲话善于打比方。如果大王不让他打比方，那他就不能讲话了。”梁王说：“好的。”第二天惠子觐见梁王，梁王对惠子说：“希望先生讲话就直接说，不要打比方。”惠子说：“如今这里有个人不知弹弓是什么，问：’弹弓的形状像什么呢？’回答说：’弹弓的形状就像弹弓。’能理解吗？”梁王说：“不能理解。”惠子说：“于是改为回答说：’弹弓的形状像弓，而用竹子做弦。’这样能明白吗？”梁王说：“能够明白了。”惠子说：“说话的人当然要用对方所知道的，去比喻对方所不知道的，以使对方明白。现在大王说不要打比方，那就不行了。”梁王说：“你说得对。”

O USO DAS METÁFORAS

Liu Jingshu

O rei Liang* havia proibido as parábolas, e Huizi era um sábio conhecido por usá-las quando queria explicar alguma coisa.

Um hóspede do rei comentou:

– Huizi é um sábio porque sabe explicar os fatos utilizando as parábolas de maneira apropriada. Se Vossa Majestade proibir o uso delas, Huizi não poderá mais falar.

O rei ficou pensativo e, no dia seguinte, em audiência com Huizi, disse-lhe:

– Daqui para frente, você, meu conselheiro, deverá falar direto, sem rodeios e meias palavras.

Huizi respondeu:

– Suponhamos que um homem não saiba o que seja uma catapulta e que ele me pergunte que forma ela tem. O que respondo para ele? Que a catapulta tem a forma de uma catapulta? Acha que ele vai entender?

– Claro que não – respondeu o rei.

– Mas suponhamos que alguém diga a esse mesmo homem que uma catapulta tem a forma de um arco, com uma corda feita de bambu, e que é uma máquina de guerra para atacar um alvo com grandes pedras. Nesse caso, acha que ele me entenderia?

– Sim, você estaria sendo claro.

Huizi concluiu:

– Parábola ou metáfora nada mais são do que explicar alguma coisa ou assunto difícil por meio de um exemplo que a outra pessoa conhece, facilitando o entendimento e a compreensão. Se eu não posso utilizá-las, como poderei explicar algum assunto ou coisa para Vossa Majestade?

O rei Liang pensou um pouco e depois concordou com Huizi.

---

* Liang: um dos feudos da dinastia Zhou (1100-221 a.C.), que mudou de nome para reino de Wei, um dos Três Reinos.

OS AUTORES

Chen Renxi (1581-1636) foi compilador histórico da antiga Academia Imperial Chinesa. A sua fábula "Amolando uma barra de ferro" foi escolhida para fazer parte da presente antologia.

Fu Lang (380?-479?) viveu entre as dinastias Jin Oriental (317-420) e Sul (420-589). Foi general, atuou também como mandarim, e foi morto por ter desobedecido a seus superiores. Deixou seis volumes de fábulas, editados na dinastia Qing (1644-1911). Aparece nesta coletânea com a fábula "Peles e boa comida".

Han Feizi (280?-233? a.C.) era um grande pensador, político e legislador do período dos Estados Combatentes. Nasceu em uma família nobre do reino Han, localizado entre o leste da atual província de Shanxi e o noroeste da província de Henan. Defendia uma forte reforma do Estado. Seus inimigos atribuíram-lhe crimes que ele não havia cometido. Foi incriminado, preso e se matou na prisão.
A sua obra foi reunida num livro chamado *Hanfeizi*, em que utiliza fábulas e parábolas para defender a sua doutrina jurídica. As suas fábulas e parábolas têm um fundo histórico, com uma linguagem objetiva, argumentos fortes e sem poupar ninguém.
No presente volume foram selecionadas as fábulas "Esperando um coelho", "O homem que vendia lanças e escudos", "O estojo e as pérolas" e "O homem que queria comprar sapatos".

Handan Chun (132-?) era um literato talentoso do reino Wei, do período dos Três Reinos.Tornou-se famoso por ser o primeiro escritor de comédia em prosa na China, deixando várias publicações. A sua linguagem era sarcástica em relação à realidade da época, e ele registrou as ações de pessoas comuns querendo tirar vantagens fáceis.
A parábola selecionada no presente volume, intitulada "Um homem muito sabido", acontece no período dos Estados Combatentes (220 a.C.). É uma sátira social,

revelando mais uma época em que a China se encontra esfacelada, dividida entre três reinos (Wei, Shu, Wu-220-280), e novamente marcada pela instabilidade social e política. O personagem da história retrata a situação do povo desse período, sem muitas perspectivas, que muitas vezes vai buscar em livros de magia uma forma de riqueza fácil e milagrosa.

Jiang Yingke foi um mandarim que viveu no final da dinastia Ming. Escreveu diversas crônicas e sátiras, sendo o seu livro mais conhecido o *Registros de Xue Tao*. Na presente seleção, participa com "O juramento".

Liezi (séc. III a.C.): o seu nome era Lie Yukou. O sufixo *zi* em chinês indica sinal de deferência aos sábios. Ele viveu no período dos Estados Combatentes e viveu no reino de Zheng. Fazia parte da corrente filosófica taoísta. A sua doutrina valorizava a simplicidade e a exploração auto-sustentável do meio ambiente. O período de autoria de seus livros até hoje suscita discussão. Ele participa da seleção com "O velho louco que removeu as montanhas", "Uma folha em três anos", "Três bananas de manhã" e "O sonho do caçador".

Liu An (179 a.C.-122 a.C.) era sobrinho do imperador Hanwen e duque do feudo chamado Huainan, que serve de título para o seu livro mais famoso, *Huainanzi*. Gostava muito de literatura e por isso praticava o mecenato, ajudando milhares de literatos da época. Acusado de rebelião, foi preso e se matou. A fábula de sua autoria escolhida para este livro chama-se "Um filho chora pela morte de sua mãe".

Liu Ji (1311-1375) era mandarim na dinastia Yuan (1271-1368) e teve de abandonar o cargo por ter dado apoio ao general Zhu Yuanzhang, que se tornou o imperador fundador da dinastia Ming (1368-1644). Exerceu o cargo de ministro da Astronomia e recebeu o título de Conde da Sinceridade. Quatro anos mais tarde, caiu em uma armadilha armada por outros mandarins e morreu de desgosto. Deixou o livro *Conde da Sinceridade*, e no pseudônimo do autor "Yulizi" reúne as fábulas que exerceram grande influência nas gerações posteriores. Participa desta seleção com "A força e a sabedoria", "A corça e o tigre" e "O pássaro de nove cabeças".

Liu Jingshu (390-470) exerceu o cargo de mandarim na corte imperial, mas afastou-se da vida pública por motivo de saúde. As suas narrativas geralmente envolvem o sobrenatural. Participa desta seleção com "Peixe sobrenatural" e "O uso das metáforas".

Liu Xiang (77-6 a.C.) era descendente de nobres. Foi preso duas vezes, por críticas políticas. Exerceu o cargo de mandarim sênior, responsável pela reorganização da Biblioteca Imperial, realizando a primeira catalogação e compilação de livros da China, após a queima de livros feita pelo imperador Qin (221-206 a.C.). Foi um grande divulgador da doutrina confucionista e escreveu vários livros, entre eles "Estratégias de Guerra" e "Ditos sutis". Nesta seleção participa com "O rei Dragão que virou peixe", "A conclusão do príncipe de Wu", "A coruja que queria mudar de casa", "A raposa e o tigre", "Uma questão de vida ou de morte", "Tigre *versus* tigre", "Em busca do alazão", "O elixir da imortalidade" e "A direção errada". *Estratégias de guerra* é o livro mais conhecido de Liu Xiang. Nesse livro, ele registra em prosa os fatos históricos e acontecimentos ocorridos de 475 a.C. a 221 a.C., tendo como base as estratégias e opiniões expressas por conselheiros da época. Acredita-se que tais estratégias e opiniões tenham sido reunidas num volume de 33 capítulos entre o final do período dos Estados Combatentes até as dinastias Qin e Han (221 a.C. a 220 d.C.). A obra ficou perdida durante um longo tempo, sendo recuperada na dinastia Song (960 d.C. a 127 d.C.), numa versão que chegou até os dias atuais. As fábulas e as parábolas têm uma linguagem objetiva e realista, na intenção de obter resultados imediatos.

Lü Buwei (?-235 a.C.) foi primeiro-ministro do reino de Qin, no final do período dos Estados Combatentes, reuniu e editou os escritos da época na obra intitulada

Primavera e Outono da família Lü, em 26 volumes, com mais de 160 capítulos e 220 mil caracteres chineses, contendo mais de trezentas fábulas. Participa desta seleção com "Marcando o barco para achar a espada".

Ma Zhongxi (1446-1512) exercia o cargo de censor na corte imperial. Chegou a ser preso por desavenças com um eunuco. Mais tarde, defendeu uma rebelião camponesa e não teve a mesma sorte de antes, vindo a morrer na prisão. Participa aqui com "O lobo de Zhongshan".

Mêncio ou **Mengzi** (372?-289 a.C.) é considerado o maior sucessor de Confúcio. Mêncio sentiu-se na obrigação de oferecer seus conhecimentos para contribuir para o bem da sociedade, procurando um príncipe de grande valor que tivesse capacidade de restabelecer a paz e restaurar valores antigos no império. Assim, andou por diversos reinos ou feudos, visitou reis e duques, tudo isso na esperança de encontrar um soberano que fosse capaz de aceitar e realizar suas idéias de um Bom Governo.

O tempo em que viveu, no entanto, era uma época muito turbulenta. Ninguém o apoiou porque todos os estados estavam ocupados demais em conquistar uns aos outros ou em defender-se de cobiças. Todos os príncipes queriam dominar o Império Chinês. Nesse caso, a tese do Bom Governo – do Governo Benevolente – defendida por Mêncio não tinha lugar naquela época.

Não encontrando quem o escutasse, Mêncio recolheu-se e dedicou-se a escrever o livro denominado *Mêncio*, uma obra composta por diálogos entre ele próprio e os reis e duques que havia visitado. Assim, os diálogos têm como tema central o Bom Governo e tratam das grandes conquistas atingidas por meio das virtudes.

A fábula escolhida para este livro é "Ajudando as plantas a crescerem".

Mou Rong (?-79 d.C.) exerceu diversos cargos como ministro de Obras e ministro da Agricultura, entre outros. A sua fábula mais conhecida, "Música para bois", participa desta seleção.

Ouyang Xiu (1007-1072) foi um dos oito grandes poetas das dinastias Tang e Song. Órfão de pai e muito pobre, tornou-se auditor imperial, incentivado e ajudado por sua mãe. Mais tarde fez carreira militar. Na presente antologia participa com "O velho e o arqueiro".

Peng Duanshu (1699-1779) foi mandarim com o cargo de historiador e depois prefeito. Mais tarde retirou-se da vida pública para estudar chinês antigo, tornando-se um erudito muito considerado. Os seus escritos foram reunidos no livro intitulado *Baihetang*. Participa da presente seleção com "Dois monges".

Shao Bowen (1037-1134) era um eminente professor da linha confuciana e exerceu cargo no nível de condado. A sua fábula "O lago" integra a presente antologia.

Shen Buhai (385?-337? a.C.) era um jurista do reino de Zheng, no período dos Estados Combatentes, antes da era atual (475-221). Exerceu o cargo de primeiro-ministro do reino de Han durante quinze anos. A sua fábula "O amor pelos dragões", neste volume, é considerada uma das obras-primas das fábulas chinesas.

Su Shi (1037-1101) é um dos oito maiores escritores das dinastias Tang e Song, principalmente por seu estilo original e pela criação de um personagem astuto chamado Aizi. Quando pequeno, gostava de estudar, e aos 22 anos ingressou como mandarim na corte imperial. O seu talento era muito apreciado por Ouyang Xiu, escritor e chefe do cerimonial. Por ser um homem de ideais nobres e firmes, tinha vários inimigos e, por isso, era sempre enviado para exercer funções fora de Beijing, chegando a ocupar o cargo de prefeito de Hangzhou. Nesta seleção participa com "Combate de búfalos".

Wang Shizhen (1526-1590) era mandarim. Exerceu cargos executivos e foi titular do ministério da Punição. Deixou várias obras. A sua fábula "O macaco amarelo que comia cérebro de tigre" integra a presente seleção.

Ying Shao (séc. III) foi um mandarim conhecido por sua lealdade e probidade. Na presente antologia, participa com "A moça que queria comer no Leste e dormir no Oeste" e "Confundindo arco com cobra".

Youxizhuren é o pseudônimo do autor de nome desconhecido do famoso livro de anedotas *Xiaolin Guangji*, que constitui uma séria crítica social aos anos de chumbo do reinado do imperador Qianlong da Dinastia Qing, que governou de 1735 a 1796.

Zhu Fu (Dinastia Han) foi vice-general e governador. Mais tarde, acusado de traição, foi condenado à morte e executado pelo imperador. Participa com "O porco cabeça branca".

Zhuangzi (369-286 a.C.) era do reino de Song, um dos feudos do período dos Estados Combatentes chinês. Ele foi o sucessor de Laozi, fundador da escola Taoísta, e é um dos responsáveis pelo seu desenvolvimento. De família humilde, viveu no início como sapateiro. Ocupou também o cargo de historiador copista. Certa vez o rei de Chu convidou-o para ser seu primeiro-ministro. Ele recusou o cargo. O seu livro *Zhuangzi* é um dos marcos fundamentais do taoísmo. Seus textos são recheados de fábulas e parábolas para facilitar a propagação da doutrina. O estilo de contar fábulas de Zhuangzi tornou-se um marco no desenvolvimento desse tipo de narrativa, influenciando as gerações posteriores. Nesta seleção participa com as fábulas "O passarinho e o passarão", "O peixe desesperado", "O magarefe Pao Ding", "A felicidade dos peixes", "O sonho de Zhuangzi" e "O príncipe e o pássaro marinho".

UMA BREVE CRONOLOGIA DAS DINASTIAS CHINESAS:

O leitor perceberá que algumas dinastias se sobrepõem (por exemplo, a dinastia Song, que vai do ano 960 a 1125, e a Liao, que vai de 916 a 1125). Isso se deve ao fato de que a sinologia contemporânea considera chinês todo indivíduo e povo nativo do território hoje conhecido como China, mas que, no passado, muitas vezes abrigou povos e nações étnica e politicamente diversos.

Em toda a história chinesa, a disputa pela hegemonia territorial e política se deu na planície central, localizada entre o rio Amarelo e o rio Yangzi; nas guerras por essa disputa, às vezes travadas entre povos de origens diversas, faziam-se tratados de paz. A partir desses negociavam-se os novos limites territoriais e nos quais permitia-se ao vencido – caso fosse forte o bastante – manter o seu território. Daí a eventual coexistência de mais de uma dinastia no mesmo período.

Dinastia Xia 2100 - 1600 a.C.
Dinastia Shang 1600 - 1100 a.C.
Dinastia Zhou
– Dinastia Zhou Ocidental 1100 - 771 a.C.
– Dinastia Zhou Oriental 770 - 256 a.C.
– Período da Primavera e do Outono 770 - 476 a.C.
– Estados Combatentes 475 - 221 a.C.

Uma das épocas mais caóticas da história chinesa, repleta de guerras cruéis, constantes batalhas entre os sete estados (Qi, Chu, Yan, Han, Zhao, Wei, Qin), e marcada pela queda de valores humanos, morais e éticos em todo o império. Houve um enfraquecimento do poder central e um fortalecimento dos feudos. No final dessas lutas, o rei de Qin vence a guerra e unifica a China.

Dinastia Qin 221 - 206 a.C.
Dinastia Han 206 a.C. - 220 d.C.

Três Reinos 220 - 280

Dinastia Jin 265 - 420

Dinastia do Norte e do Sul 420 - 581

Dinastia Sui 581 - 618

Dinastia Tang 618 - 907

Cinco Dinastias 907 - 960

Dinastia Song 960 - 1279

Dinastia Liao 916 - 1125

Dinastia Jin 1115 - 1234

Dinastia Yuan 1271 - 1368

Dinastia Ming 1368 - 1644

Dinastia Qing 1644 - 1911

REFERÊNCIAS BIBLIOGRÁFICAS

CHOU, Chunling (org). *Gudai Zhongguo Yuyan Daxi* (I). Shanxi: Shanxi Jiaoyu, 1994.

CHOU, Chunling (org). *Gudai Zhongguo Yuyan Daxi* (II). Shanxi: Shanxi Jiaoyu, 1994.

CHOU, Chunling (org). *Gudai Zhongguo Yuyan Daxi* (III). Shanxi: Shanxi Jiaoyu, 1994.

LIEZI et alii. *Zhongguo Yuyan/Ancient Chinese Fables.* Trad. Yang Xianyi, Gladys Yang et alii. Beijing: Foreign Languages Press, 2001.

LIEZI et alii. *Zhonguo Yuyan/ Fables de la Chine antique.* Beijing, Editions en Langues Étrangères, 2003.

ZHONGGUO GUDAI YUYAN XUAN. Beijing: Renmin Wenxue, 1981.

ZHONGGUO GUDAI YUYAN XUAN. Trad. Yang, Xianyi, Dai Naixian. Beijing: Foreign Languages Press, 2001.

ZHONGGUO GUDAI YUYAN YIBAI PIAN. Trad. Qiaochejieling. Beijing: Zhongguo Duiwai Fanyi, 1985.

ZONG, Shi (org). *Selected satire from old Cathay.* Beijing: Foreign Language Teaching and Research Press, 1999.

IMPRESSÃO:

GRÁFICA EDITORA
Pallotti
IMAGEM DE QUALIDADE

Santa Maria - RS - Fone/Fax: (55) 3220.4500
www.pallotti.com.br